Vivendo *La Dolce Vita*

Traga paixão, alegria e serenidade à sua vida

Raeleen D'Agostino Mautner

Vivendo *La Dolce Vita*

Traga paixão, alegria e serenidade à sua vida

TRADUÇÃO
J. Alexandre

2004

EDITORA BEST SELLER

Título original: *Living La Dolce Vita*

Coordenação editorial
Janice Flórido

Editores
Eliel Silveira Cunha
Fernanda Cardoso

Editoras de arte
Ana Suely S. Dobón
Mônica Maldonado

Revisão
Agnaldo Alves

Editoração eletrônica
Dany Editora Ltda.

EDITORA NOVA CULTURAL LTDA.

EDITORA BEST SELLER
uma divisão da Editora Nova Cultural Ltda.
Rua Paes Leme, 524 – 10º andar
CEP 05424-010 – São Paulo – SP
www.editorabestseller.com.br

2004

Impressão e acabamento:
RR Donnelley América Latina
Fone: (55 11) 4166-3500

Dedicatória

Este livro é uma homenagem à extraordinária família italiana que marcou toda a minha existência. Obrigada a vocês, Giuseppe e Angelina D'Agostino, Domenico e Giuseppina Fodaro e Marino e Rachele D'Agostino.

Agradecimentos

Agradeço à minha família por sua paciência e por generosamente respeitar as longas horas de solidão de que necessitei para realizar este trabalho. Uma palavra especial de gratidão vai para minha editora, Deb Werksman, cuja experiência e preciosas sugestões me ajudaram a concretizar o projeto. Finalmente, gostaria de agradecer à presidente e publisher da Sourcebooks, Dominique Raccah, por apoiar minha idéia, em primeiro lugar, e por acreditar em minha capacidade de torná-la real.

Sumário

Prefácio

A autora deste livro e Sara, uma grande amiga minha, não se conhecem. Apesar disso, e sem querer, Sara tornou-se um exemplo vivo da metamorfose que a dra. Mautner propõe a seus leitores.

Sara é filha de italianos que se mudaram para Long Island, nos Estados Unidos. Até recentemente ela era uma problemática jovem de dezoito anos: insegura, tímida e solitária. Encontrou alívio no consumo de grandes porções de chocolate e montanhas de batatas fritas, com o inevitável resultado de excesso de peso. Dietas e psicoterapia de nada adiantaram.

Como última tentativa, minha amiga decidiu voltar a viver nos Castelli Romani, na Itália, onde nasceu e foi criada até os três anos de idade. Quando eu a visitei, no último verão, fiquei boquiaberta. Sara havia se transformado numa garota bonita e, acima de tudo, reaprendera a apreciar a alegria de viver.

A terapia certeira consistiu numa auto-imersão no cotidiano de Montecompatri, cidadezinha nos arredores de Roma, onde Sara leva agora uma vida simples, saudável, estimulante e rica em interação humana. Ela vai ao centro da cidade todos os dias, para encontrar amigos. Come massas e legumes frescos, cultivados em hortas, regados com óleo de oliva extravirgem. Faz longas caminhadas, conversando e rindo com seus companheiros. Desenvolveu interesse por artes, música e política. Tudo isso restaurou nela uma alegria que por longo tempo ficara abafada.

Sara é o mais eloqüente exemplo da "terapia" que a dra. Mautner apresenta neste livro, escrito com a competência adquirida em anos de pesquisa, com a clareza que se espera de uma professora e com a paixão mediterrânea que marca sua personalidade. Além de proporcionar uma leitura rica e saborosa, *Vivendo La Dolce Vita* constitui um precioso manual para você, leitor, reivindicar seu direito — e seu dever — de ser feliz.

*Dra. Tina Rella**

---

* Diretora executiva da Comissão Ítalo-americana de Educação de Nova York e professora adjunta de italiano na Faculdade Comunitária Nassau, em Garden City, Nova York.

Introdução

Existe nos italianos uma qualidade tensa, dramática, uma franqueza sem reservas, que é um refrigério para os estrangeiros habituados ao autocontrole nórdico, à frieza, fingida ou autêntica.

— LUIGI BARZINI, JORNALISTA ITALIANO

Não importa quantas vezes eu tenha assistido a *O Mágico de Oz*, a magia desse filme nunca envelheceu. Sempre me identifiquei com Dorothy (Judy Garland), a menina de olhos grandes e trancinhas que procurava obsessivamente uma terra encantada chamada Oz. Tal território deslumbrante seria adornado por papoulas vermelhas e campos de um verde aveludado, banhados de sol. Enquanto o mago desse paraíso perde o poder de afastar as nuvens negras do horizonte, ele mantém a sabedoria e a graça de mostrar aos visitantes de Oz que tudo o que estes precisavam ter era o que já haviam adquirido ao longo do caminho.

A visão arquetípica — a sabedoria coletiva da humanidade — é o tesouro secreto de nossa alma. Essa mensagem facilmente se esvai no cotidiano agitado de uma sociedade estressada, que às vezes se projeta como se fosse nosso único destino.

Felizmente, aprisionar o destino não é uma opção em culturas mais tradicionais, mais compassadas, nas quais o tempo ainda corre normalmente em vez de ser acelerado.

É no silêncio da contemplação que recordamos como refazer a conexão com nossas verdades básicas e instintivas, experimentando a duradoura alegria e bem-estar que alguns de nós associamos ao mito de Oz.

Da mesma forma, não importa quantas vezes eu tenha visitado a Itália, a magia daquele país nunca envelheceu. Fico sem fôlego sempre que o avião desce por entre nuvens densas até revelar a gloriosa cidade esmeralda, lá embaixo. Meus olhos, como os de Dorothy, arregalam-se com fascínio e expectativa à medida que me aproximo do país em forma de bota, visto de cima como uma colcha de retalhos feita de campos ensolarados e volumes de água tão azul e cristalina que revelam as próprias almas. Sempre tenho sede dessa beleza, fome da sabedoria italiana. Os americanos de maneira geral também parecem fascinados, ou no mínimo curiosos, a respeito da Itália. Mas, quando se trata desse país, nunca ficamos saciados, sempre queremos mais. Cobiçamos não apenas os artigos de couro e os enfeites dourados *"made in Italy"*, a arte, a música, a sensualidade. Queremos talvez, e acima de tudo, a capacidade italiana de apreciar a vida.

Os sinais estão por toda parte. A Itália entrou definitivamente em nossa mente. Considere o recente e grande aumento dos gastos americanos com importações italianas, o sucesso dos seriados de televisão baseados na Máfia e a estratosférica vendagem de discos dos tenores Luciano Pavarotti e Andrea Bocelli, isso nas culturas em que a ópera não é um divertimento popular. Sem surpresa, uma pesquisa do Instituto Gallup revelou que o *bel paese* é o favorito dos americanos, dentre as localidades onde não se fala inglês. Até os franceses têm procurado receber os turistas americanos com mais simpatia, temerosos de perder o rendoso fluxo para o concorrente em forma de bota. Os Estados Unidos sempre foram amáveis com a Itália, que de nenhum modo tornou-se um recente e sofisticado destino de férias para os *americani*. Trata-se, como num casamento à italiana, de um enamorado envolvimento com esse paraíso europeu, estável e intenso.

A Itália condimenta a paisagem e é desfrutada por quem sabe apreciar seus atrativos. Orgulha-se de ter preservado as tradições, enquanto se colocava na ponta da competição mundial por modernidade. Tem seus defeitos, claro, mas a maioria de nós fica tão admirada com o brilhantismo do país quanto intrigada com suas falhas. A cultura italiana, abertamente ou não, deixou marcas na dos Estados Unidos — desde o próprio nome ("América" vem de Américo Vespúcio, o navegador) até a arquitetura, a moda, a música e a culinária. Torres italianas, templos e catedrais, bem como praças urbanas, historicamente inspiraram arquitetos americanos. Muitos dos grandes chefes de cozinha são treinados na refinada culinária de Parma ou na inspiradora simplicidade da de Nápoles, em que óleo, manjericão, alho e tomates podem ser transformados em diferentes pratos, tantos quantos são os dias do ano. Atualmente, os americanos comem massas e pizzas na mesma proporção que hambúrgueres. Giotto, Rafael, Michelangelo e Leonardo Da Vinci tocam o íntimo mesmo de quem nada conhece sobre pintura.

O psicólogo multicultural Harry Triandis escreveu que cultura é a memória da sociedade sobre aquilo que foi eficiente no passado. Daí decorrem as concepções que as pessoas fazem de seu ambiente, de si próprias e do estilo como devem agir. Pode-se concluir que, quanto mais antiga é uma cultura, mais refinadas são essas percepções. É algo semelhante à diferença de capacidade de discernimento entre um jovem inexperiente e as pessoas mais velhas e (supostamente) mais sábias.

Como país, a Itália também esteve na berlinda por muitas vezes e muitas épocas, e sua memória cultural foi refinada pela experiência. Em séculos de História, viu-se assolada por guerras, escassez, pragas, dominação e catástrofes naturais. Em conseqüência, produziu um povo que aprendeu não apenas a sobreviver a condições adversas, mas também a cantar, pintar, fazer amor e orar como se cada dia fosse uma dádiva pessoal.

O indestrutível ânimo que caracteriza a vida italiana assombra os observadores. Normalmente, ansiamos por um pouco dessa magia para poder espargi-la sobre nós mesmos. E os americanos tendem a amar a Itália porque nela encontram um elo forte com toda a humanidade, e ainda por poderem aprender segredos simples que fazem a *dolce vita* ser tão doce. Segredos capazes de trazer a alegria da Itália para dentro de nossa casa e de nossa vida.

O objetivo deste livro

Este livro pretende lhe mostrar como a cultura atemporal da Itália inspira a felicidade de seu povo. Aprender a desfrutar as alegrias subjacentes a uma vida simples assegura uma duradoura condição de bem-estar pessoal. Você ganhará uma renovada e mais centrada apreciação daquilo que já possui. Enquanto desenvolve equilíbrio e serenidade, descobrirá suas próprias prioridades para ser feliz. A eterna preocupação americana com a perda de peso, pele firme, saúde de ferro, melhores relacionamentos, crianças mais inteligentes e amor passional pode ser resumida em uma palavra: felicidade. Todos a almejamos. Definitivamente, nossa percepção de felicidade influi em todas as outras áreas de nossa vida. Quando estamos contentes, não nos preocupamos com celulite, ou flacidez, ou pés-de-galinha, ou se o carro do vizinho é mais novo ou mais bonito que o nosso. Enquanto livros de auto-ajuda somem rapidamente das prateleiras das livrarias, muitos de nós fracassam na busca de um caminho para amenizar as dificuldades diárias. Por exemplo, apesar do grande sucesso do segmento de dietas e exercícios físicos, quase três quartos da população continua a sofrer de doenças relacionadas ao excesso de peso e à obesidade. Os Estados Unidos ostentam o maior índice mundial de obesidade infantil, de disfunções corporais e de distúrbios alimentares entre adolescentes. Cada vez mais americanos morrem de doenças cardíacas, apesar de elas serem evitáveis por meio de uma mudança no estilo de vida.

A correlação entre estresse e saúde física também vem se tornando cada vez mais evidente. Quantas pessoas se sentem estressadas e infelizes no emprego, ou assoberbadas pelas tarefas domésticas! À medida que os pais de família vêem-se frustrados no emprego ou no local de trabalho, eles são simultaneamente prensados entre a responsabilidade de criar os filhos e o próprio envelhecimento. Já não temos tempo para rir ou brincar, para perseguir os interesses que costumávamos amar. Muitos nem encontram tempo para desfrutar do dinheiro ganho com trabalho árduo. Outros vêem seus rendimentos serem devorados pelo cartão de crédito. De acordo com recente pesquisa, dos 76% de americanos que possuem pelo menos um cartão de crédito, 41% não conseguem quitar a fatura mensal e acabam pagando juros astronômicos pelo parcelamento da dívida. Isso drena não só o bolso dos consumidores, mas sua paz de espírito. E um estresse persistente leva por fim a distúrbios físicos e psicológicos, como depressão e ansiedade.

A depressão afeta duas vezes mais mulheres do que homens e foi definida como "o resfriado" dos distúrbios mentais, por estar se tornando tão comum. Os problemas de ansiedade também continuam crescendo. A mobilidade social, que de um lado traduz o progresso, também deixa uma sensação de isolamento e de mergulho total no trabalho. Muita gente se vicia em álcool ou no antidepressivo

Prozac, apenas para tentar balancear um estilo de vida ao qual falta equilíbrio.

Este livro sugere medidas para você desacelerar seu ritmo e começar a viver com serenidade e paixão. Claro, os italianos não têm todas as respostas para se usufruir a doce vida. Nem todos os italianos, tampouco, vivem sob a influência da sabedoria e da tradição de sua própria cultura. Mas, no geral, quando comparado ao americano, o povo do *bel paese* tem maior longevidade, vive menos estressado e mostra níveis mais baixos de doenças cardíacas, obesidade e distúrbios mentais. Parece que uma rotina baseada na dieta mediterrânea, combinada com bastante atividade física e interação social, além da mentalidade de "deixar rolar os problemas", tornam o corpo, a mente e a alma mais fortalecidos. São elementos simples do bem-estar pessoal, que se convertem no grande legado da Itália para os outros povos.

A cultura da Itália abrange milhares de anos, como uma das mais antigas civilizações do planeta. Além da influência cultural dos gregos, romanos e etruscos, o Império Romano estabeleceu os princípios legais sob os quais vivemos até hoje. Testemunhos do gênio italiano estão nas obras de engenharia, nas estruturas arquitetônicas, nos sistemas de estradas e de irrigação. Há inúmeras provas do antigo pendor italiano para as artes, para a música e para o amor na vida diária. Os antigos romanos já tinham talento para equilibrar o lado intelectual, a produtividade e o desfrutar da existência. Isso ajuda a compreender por que a cultura italiana é revolucionária, e em muitos pontos ela não mudou.

Ao longo dos séculos, a Itália conviveu com os sofrimentos causados por ocupação estrangeira, catástrofes naturais, fome generalizada, destruição pela guerra e, mais recentemente, o terrorismo. Os fatores culturais responsáveis pela sobrevivência de seu povo tornaram-se gradualmente estáveis, como chaves permanentes para um imutável bem-estar. Sabedoria prática e ingenuidade deram aos italianos a capacidade de resistir, adaptar-se e viver serenamente diante de qualquer circunstância. Formou-se uma cultura complexa cujo estilo de vida é surpreendente, por sempre enxergar adiante e basear-se em princípios sólidos, os quais, por coincidência, também estão relacionados às modernas conclusões da psicologia sobre felicidade. Meu objetivo, portanto, não é apenas entreter e informar, mas oferecer a você, leitor, idéias específicas de como incorporar essa *dolce vita* à sua própria existência.

O primeiro princípio refere-se a manter fortes laços de **família**. Uma histórica descrença na política, na lei e na autoridade em geral transformou a unidade familiar em estrutura social fundamental na Itália. Ela é o ninho de calor, amor e segurança que dá a cada um de seus membros um senso de integração e de valor pessoal. Os italianos conservam vigorosos e duradouros laços com avós, primos, tias e tios. Se você está conectado a uma família, ou ao que considera como sua família, nunca se sentirá sozinho.

Depois da família, o segundo princípio focaliza a importância da **amizade**. Um ditado diz: *Chi trova un amico, trova un tesoro* (Quem encontra um amigo, encontra um tesouro). A amizade é assunto sério na Itália. Cultivar duas ou três amizades sólidas é preferível a manter vários relacionamentos superficiais. Um amigo verdadeiro está sempre disposto a fazer um favor, a qualquer hora ou lugar, e as pequenas irritações decorrentes do convívio são menosprezadas. Não ter tempo para os amigos é inconcebível, e nenhuma distância física ou emocional tem lugar numa verdadeira amizade. Um autêntico amigo lhe diz o que você precisa saber, e pelo conselho deve-se ficar grato, não ofendido.

O terceiro é o princípio do **amor** e do flerte, o romance. Numa terra em que corpos seminus enfeitam cartazes de rua para a venda de detergentes, pode-se ter certeza de que os italianos não são nada tímidos no namoro. A mensagem da paixão está por toda parte, nas artes plásticas, na literatura e na música. Poucas coisas são mais emocionantes do que uma balada de amor napolitana ou mais sensuais do que uma escultura renascentista. O amor não apenas é aceito como quase santificado. A capacidade de perdoar e a vontade de tentar de novo infundem solidez à maioria dos casamentos.

Não se surpreenda, mas o quarto princípio envolve a experiência da **hora das refeições**. A fonte central da nutrição física e psicológica, em cada lar italiano, é sem dúvida a presença da família sentada em torno da mesa. Então, alimentos simples fortificam o corpo e o calor do afeto fortalece a alma. A culinária mediterrânea incorpora os mais singelos sabores de massas, tomate, alho, azeite, peixe, pão crocante, queijos e uma saudável taça de vinho. Quando combinada com uma dose de boa companhia, a hora da refeição se torna um símbolo da verdadeira *dolce vita*.

O quinto princípio vigente no *bel paese* nos ensina que a chave para a **riqueza** deve abarcar mais do que dinheiro. Ser "rico" significa aprender a satisfazer-se com o mínimo e a apreciar o que se tem. Isto quer dizer rodear-se de pessoas que você ama. Significa trabalhar para viver, não o contrário. Inclui reservar tempo para parar e admirar os picos ensolarados do monte Rosa na primavera, ou beber o *espresso* do fim de tarde com amigos, numa cafeteria. É importante economizar e evitar dívidas, mas não mais do que aproveitar as outras incontáveis riquezas da vida.

Em sexto lugar, **mostrar o que você tem de melhor** representa uma regra de ouro no ensolarado país em forma de bota. Os italianos gostam de causar boa impressão, pelas roupas que usam, pelos carros que dirigem (limpos e polidos, embora não necessariamente novos), e pela maneira como se portam em público. Oportunidades para atividade física não faltam no estilo de vida italiano. As pessoas caminham por toda parte ou se equilibram em bicicletas. Não raro, olha-se pela janela de manhã e avistam-se mulheres idosas, encasacadas, pedalando com animação, carregando as compras da mercearia em cestos aramados ou mesmo em sacolas presas ao guidão.

Em sétimo lugar, cito uma eficaz **comunicação**, seja ou não por meio de palavras. Em sua arte de viver, os italianos utilizam seu idioma colorido e melodioso juntamente com gestos exuberantes e uma linguagem corporal que transmitem a mensagem independentemente das palavras certas. O intercâmbio humano é o mais importante. Quando tudo é dito e feito, todos entendem muito bem uns aos outros.

O oitavo princípio recomenda bordar um sentimento de **espiritualidade** no tecido da vida diária. Enquanto a tradicional Igreja Católica Apostólica Romana desempenha um papel menos formal entre os italianos de hoje, continua existindo uma profunda reverência à vida e um senso de responsabilidade pessoal e social. Talvez já não haja multidões enchendo os templos, mas a maioria dos italianos admite comunicar-se com Deus freqüentemente, ainda que seja para pedir proteção ao guiar suas Vespas pelas ruas movimentadas. A permanente consciência da presença divina orienta as ações individuais, o que se reflete em sua auto-imagem e no modo como tratam seus semelhantes.

O nono e último princípio diz respeito à importância de se ter uma **atitude positiva**. Paciência e civilidade são termos que sintetizam a experiência dos italianos. Isso fica mais patente em sua capacidade de aceitar a vida como ela é. A azáfama do dia-a-dia na Itália se assemelha a um oceano sob tempestade. Pode haver enchentes e inundações, mas a bonança sempre retorna, trazendo a serenidade, geralmente por meio do conforto das rotinas cotidianas. Se alguém se acostuma a um determinado bar, no qual consome pão e café pela manhã, provavelmente irá freqüentá-lo por anos a fio. Não há explosão emocional, ou ineficiência burocrática, ou problemas no trabalho que destruam esse espírito. *Mi arrangio*, "dou um jeito", é uma reação comum às frustrações diárias. Por vezes, uma boa festa é tudo de que os italianos precisam. Aliás, eles sempre encontram um motivo para comemorar: dia santo, feiras locais, campeonatos de futebol. Festejar e rir tornam-se regras, e uma folga regular para descanso e recuperação, durante as férias, é um rejuvenescedor indispensável.

Uma parcela da inspiração de um autor reside na excitação de dividir com os outros aquilo que o tocou pessoalmente. Os escritores gostam de acreditar que dão uma contribuição valiosa a seus leitores. Como autora, pesquisadora e professora ítalo-americana, gozando de dupla cidadania, minha meta também é dobrada. Primeiro, queria documentar e assim preservar alguns aspectos da cultura italiana, capazes de promover o *benessere*, o bem-estar. Depois, creio que partilhar essa malha de informações pode ajudar muitos leitores a encontrar a serenidade e a redescobrir o prazer de viver.

Este livro não pretende ser etnocêntrico, pois estou ciente dos defeitos da Itália. Certos expatriados que pensaram em encontrar naquele país uma terra de conto de fadas ficaram chocados com a burocracia ineficaz, com os Correios que não funcionam, com as longas filas nas repartições públicas, que muitas vezes se revelam ser as filas impróprias, embora só se descubra isso ao chegar ao guichê errado. Pode tornar-se enlouquecedor ter de esvaziar a carteira para encher o tanque de gasolina ou não conseguir entender uma conta do começo ao fim porque não se guardaram todos os registros ou notas fiscais. Os americanos de ascendência italiana talvez alimentem fantasias de uma Itália que não existe, nem nunca existiu. Outros conservam a consciência das falhas, mas amam o país do mesmo modo, assim como os italianos nativos. Em minha opinião, a objetividade a respeito dos defeitos da Itália é precisamente o que me capacita a ser objetiva quanto à sua grandeza, que é real. Dessa grandeza e qualidade vêm a visão intercultural do bem-estar que ofereço a você. Enfim, este é um livro baseado nos pontos altos de uma cultura antiga e generosa — uma cultura que teve o condão de evoluir e refinar-se através dos anos.

Ao escrever sobre as bases do bem-estar italiano, incorporei três elementos essenciais: minha própria pesquisa sobre miscigenação cultural (comparações entre as culturas italiana e americana), as descobertas psicológicas sobre felicidade e bem-estar e minhas observações pessoais sobre ser criada dentro de uma família italiana. Meu primeiro campo de treinamento, digamos assim, foi o "velho bairro" cujos moradores não eram simplesmente os imigrantes italianos, mas também os avós, tias e tios, *paesani*, *comari*, *amici*, balconistas de lojas, professoras, bibliotecários, padeiros, bancários. Observei-os de perto, ouvi e aprendi. Nossos laços de família e comunitários nos deram um senso de participação, de objetivo comum. Em nossa vizinhança, ninguém se sentia estranho ou intruso, mas um ser humano digno e dignificado, feliz por se relacionar com tantos outros. Daí a conversação multicolorida, em vários dialetos: napolitano, siciliano, calabrês. Todos estavam presentes em minha infância. Um avô e uma avó moravam em nossa casa, os outros dois a uma curta distância. Durante anos notei a extraordinária capacidade dessa gente de adaptar-se a uma terra estranha, na qual ninguém os recebeu ou prestou ajuda. Alguns começaram seus negócios apesar das dificuldades, e quase sempre um estabelecimento progredia com base no trabalho tenaz de marido e mulher. Ainda assim, não abriam mão da alegria de cultivar um pequeno jardim ou fazer vinho e pão caseiro. As crianças adoravam embeber um pedaço de pão fresco no molho de tomate. Os mais velhos sempre estavam dispostos a contar histórias sobre suas raízes, embora aprendêssemos sobre a vida real mais pelo exemplo do que pelas palavras. Por isso, se as referências e cenários constantes deste livro são baseados em experiências e observações reais, alguns detalhes e nomes foram mudados para preservar a privacidade.

Os mestres de meu antigo bairro italiano nos ensinaram como sobreviver a tempos difíceis com a cabeça erguida. Falaram-nos de Deus, família e amizade, de alimentação simples e saudável, da dignidade do trabalho duro, da disciplina quanto a dinheiro e da importância de uma pessoa orgulhar-se de si mesma. Ainda hoje, não obstante a evolução da sociedade, esses parâmetros culturais têm-se conservado tanto no país de origem como nas comunidades ítalo-americanas espalhadas pelos Estados Unidos.

O bem-estar psicológico, dentro de uma perspectiva freudiana, enfatiza a importância do amor e do trabalho. Teorias humanistas como as de Carl Rogers e Abraham Maslow concentram o foco em estimular o lado positivo da natureza humana. A psicologia junguiana nos lembra da forte e duradoura influência de nosso passado ancestral. O behaviorismo cognitivo nos conclama a pensar racionalmente e a ajudar a nós mesmos. Teorias desenvolvimentistas sublinham o papel da dieta e do exercício físico para a manutenção do bem-estar durante toda a existência.

A filosofia de vida italiana reflete todos esses princípios básicos da psicologia. Os italianos admitem que a vida é o que dela se faz e que a felicidade está ao alcance de qualquer um. Se é importante desfrutar a vida, também o é evitar excessos e exageros. Sempre que passo uma temporada na Itália, sinto-me entrando numa máquina do tempo e retornando aos princípios que aprendi na infância. Tudo ali me recorda a importância da beleza estética, da boa comida, da plena interação social. Lembro-me de trabalhar duro, mas não em prejuízo de uma vid… vel. Também sou lembrada a viver simplesmente e nã… plicar meus dias com coisas que não importam. Sou e… mulada a manter meu corpo são, a enternecer minha alma, a manter intensas relações interpessoais. Sou grata a meus avós italianos por dividirem comigo sua sabedoria. Precisei de treinamento em psicologia, muitos anos depois, para confirmar que tudo o que me ensinaram era correto.

Em resumo, os nove princípios *made in Italy* para você viver a doce vida são:

1. Mantenha os laços de **família** sólidos e positivos.
2. Arranje tempo para os velhos **amigos** e para fazer novas amizades.
3. Faça do **amor** parte de tudo o que você diz e pratica na vida.
4. Preste atenção a suas **refeições**, à boa alimentação e ao bom relacionamento.
5. Cuide de seu **dinheiro**, mas lembre-se de que a verdadeira riqueza vai além dele.
6. Mostre o **melhor de si** em todas as situações.
7. Melhore sua **comunicação** a fim de melhorar seus relacionamentos.
8. Reconecte-se com **Deus** para obter significado e estima para sua vida.
9. Cultive uma **atitude positiva**; ela poderá transformar sua vida.

Agora é chegado o momento de iniciar, juntos, uma pequena viagem à Itália, com a finalidade de capturar um pouco da magia do *bel paese*. *Andiamo*, vamos em frente!

Capítulo Um

O Poder da Família

A Itália já foi definida, sem grande exagero, como nada mais do que um mosaico de milhões de famílias, unidas por instinto cego, tal qual uma colônia de insetos.

— LUIGI BARZINI, *THE ITALIANS*

Na cultura italiana, as relações afetivas começam em casa. A família é o ponto focal da vida no país, e a Itália lida com ela de modo muito similar àquele como lida com a sobrevivência: com paixão, perseverança e respeito. O papa Pio XI disse certa vez: "A família é mais sagrada do que o Estado". Para a alma italiana, até mesmo esta frase constitui uma declaração insuficiente.

Por vezes, manter uma família sólida e psicologicamente saudável representa um verdadeiro desafio, mas a recompensa é participar de uma rede social de amor que propicia o bem-estar e pode até estender a longevidade, por evitar a solidão. Uma pesquisa realizada na Universidade de Chicago estabeleceu que a solidão prejudica a saúde, de várias e específicas maneiras. O relatório indicou que as atuais mudanças na estrutura familiar — tradicional fonte de sustentação afetiva — são em parte responsáveis pela solidão e pelo isolamento social, que podem representar riscos para a saúde comparáveis à obesidade e ao fumo. Estima-se que, no ano de 2010, haverá um incremento de 40% no número de americanos que vivem sozinhos, de acordo com as projeções do Censo. Claro, morar só não conduz necessariamente ao isolamento social, assim como viver com a família não garante que uma pessoa se sinta inserida e amada. Não importa qual seja a configuração de uma família — tradicional, de pais solteiros, adotiva, mista ou um mero núcleo de amigos —, existem filosofias eficazes de *dolce vita* que enriquecem essas relações e lhes garantem a permanência ao longo do tempo. Por exemplo, os italianos têm quatro regras básicas para manter a solidez da unidade familiar:

1. Ser realista quanto às expectativas sobre o casamento.
2. Deixar o perdão tornar-se uma segunda natureza.
3. Envolver-se com as atividades dos filhos.
4. Contar com todo o tronco familiar como rede de apoio.

Regra 1: Ser realista quanto às expectativas sobre o casamento

Muitos italianos — e não somente eles, claro — acreditam que o alicerce de uma unidade familiar forte é um casamento sólido. No entanto, nos Estados Unidos, 50% dos primeiros matrimônios e 40% do total de matrimônios terminam em divórcio! Embora românticos, os italianos têm uma visão surpreendentemente realista de casamento e família. Relacionamentos de longo prazo são o objetivo, especialmente por causa dos filhos, mas tal parceria é vista como o produto de muita tenacidade e esforço. Evitar posições irrealistas desde o princípio parece ajudar a evitar rompimentos ao longo da vida conjugal e seus efeitos negativos sobre todos os membros da família. Em contrapartida, parcerias saudáveis, realistas, trazem benefícios a todo o núcleo. Pessoas bem-casadas tendem a sentir-se felizes, cuidam-se melhor, representam menores índices de mortalidade e usufruem de maior estabilidade financeira.

Os filhos também desfrutam um grande senso de bem-estar quando os pais vivem um casamento feliz. Contudo, quando a união se desgasta irremediavelmente, é importante saber que os divorciados, recasados e pais solteiros têm sido bem-sucedidos em criar admiráveis vidas familiares, sobretudo quando recrutam apoio junto à família original ou grupos de amigos, capazes de oferecer uma presença estável e carinhosa. Enfim, qualquer que seja o *status* conjugal, os habitantes do *bel paese* seguem três importantes práticas quanto à expectativa de casamento:

- Encarar o casamento com uma visão prática.
- Levar em conta todo o âmbito familiar.
- Enfatizar os valores que ambos os parceiros compartilham.

Encarar o casamento com uma visão prática

Um exemplo extremo dessa disposição seria o "casamento arranjado" dos velhos tempos. Na época da minha avó, os casamentos arranjados, embora não fossem o ideal em matéria de romantismo, provavelmente funcionavam bem porque diversos membros da família participavam da seleção de um companheiro ou companheira, de modo a constituir um casal funcional no que se referisse a finanças, trabalho, temperamento e histórico familiar. Pais e outros parentes ajudavam jovens casais a não se desviar do caminho. Não que a atração e uma eventual paixão não fossem levadas em conta, mas a idéia principal consistia em que, para assegurar uma longa união, era necessário mais do que isso.

Minha avó, por exemplo, veio de uma pequena cidade rural da Itália, no final do século XIX. Suas tradições culturais não valorizavam aquilo que entendemos por "apaixonar-se". Não obstante, o casamento dela, dentro de uma visão de praticidade, funcionou bem e evoluiu para um compromisso amoroso que beneficiou a família inteira por mais de cinqüenta anos.

Os italianos, como se sabe, valorizam a paixão, mas não permitem que o deslumbramento do namoro ofusque o lado prático ou as realidades da vida. O amor verdadeiro vai além da atração física e da paixão. Exige introspecção e maturidade para reconhecer a seriedade da união conjugal e adotar expectativas realistas. Fatores práticos que envolvem dinheiro, personalidade e parentesco tornam-se importantes. A vontade de viver e trabalhar juntos, como fizeram meus avós, impõe um espírito de cooperação e respeito mútuo que consegue estreitar os laços de amor.

Levar em conta todo o âmbito familiar

Na Itália, a opinião e a contribuição da família inteira é considerada nas questões de um determinado núcleo. Casais de todas as idades envolvem os pais, sogros, cunhados e outros parentes em suas atividades, o que geralmente resulta numa rede de apoio e aconselhamento. Com freqüência, os avós de ambos os lados se encarregam de cuidar dos netos, o que facilita a vida do casal que trabalha fora, permitindo até que saiam sozinhos e jantem juntos numa noite especial. Seja você casado, viúvo ou solteiro, basta olhar ao redor e mobilizar seus recursos. Pense em como seus pais e irmãos, sogros e cunhados ficariam felizes em poder ajudar, em saber que você conta com o apoio deles. Fale com eles. Conte com o apoio das pessoas que gostam de você e querem o seu bem. Muitas vezes o apoio delas pode tornar as coisas mais fáceis. Não se torne inimigo da família de seu cônjuge, nem das pessoas que se tornam seus parentes através do matrimônio. Relacione-se com elas de maneira aberta e interativa — não de forma agressiva e tampouco passiva.

Caso você sinta necessidade de um conselho sábio, por que não recorrer à experiência dos mais velhos? Minha *nonna* napolitana manifestava suas opiniões sobre o casamento sempre que eu precisava de conselhos. Considero-me privilegiada por ter tido a experiência de uma avó à minha disposição. Ela viveu uma vida difícil, mas seus olhos verdes cintilavam quando eu me acercava, pedindo uma opinião:

— Seu avô e eu fizemos o máximo possível para enfrentar as adversidades. Por isso vencemos. Trabalhamos juntos e nem tínhamos tempo para brigar por bobagens. Havia tanto a fazer num só dia! Ele foi um bom homem. Bom provedor, bom pai, bom companheiro. *Gli volevo assai bene,* gostava muito dele.

De minha parte, eu sabia que ela não falava daquele amor fogo-de-palha que se vê nas telenovelas. Referia-se a algo mais essencial, consistente e profundo.

Enfatizar os valores que ambos os parceiros compartilham

Se você fizer uma lista daquilo que seus amigos mais próximos têm em comum, descobrirá similaridades com sua própria estrutura, interesses, atitudes e convicções. O campo da psicologia social revela que essas semelhanças, pelo menos nos valores mais importantes, são um dos principais fatores da atração interpessoal. Escolher um amigo é como escolher um cônjuge. As pesquisas mostram que os traços de personalidade são bastante próximos e harmoniosos em casais que vivem um matrimônio feliz. Ao escolher um parceiro ou parceira, geralmente procuramos qualidades como bondade, inteligência, compreensão e flexibilidade. Não importa se divergimos em detalhes superficiais. O que vale é a convergência dos conceitos gerais, tais como a visão sobre finanças e a maneira de criar os filhos.

Um amigo meu de Perúgia recentemente me lembrou um velho ditado que ainda é usado pelos italianos: *Mogli (mariti) e buoi, de' paesi tuoi*: escolham mulheres (maridos) e bois de seu próprio território. Claro que não se trata de uma premissa para ser tomada ao pé da letra, mas a idéia é válida! Uma séria variação desse tema é manter vivos os valores partilhados, continuando a falar sobre eles durante todo o tempo do relacionamento. Isso ajuda a renovar o compromisso mútuo do casal e destaca aquilo que os uniu.

Regra 2: Deixar o perdão tornar-se uma segunda natureza

Com certeza, você já ouviu dizer que quando perdoamos alguém que nos magoou, fazemos um bem maior a nós mesmos do que ao ofensor. Todos sabemos quanto ficamos irritados ao brigar com algum parente. Bem, estresse é uma coisa, mas potencializar nossas emoções até a raiva insana é outra. De acordo com a psiconeuroimunologia — nova especialidade que enfoca a conexão entre corpo e cérebro —, o estresse, os aborrecimentos, as emoções negativas podem de fato debilitar nosso sistema imunológico, tornando-nos mais suscetíveis a doenças. Os italianos vivem com a implícita presunção da imperfeição humana. Sempre me maravilhei com a dificuldade em aborrecer meus amigos e colegas italianos. A razão disso é que, para eles, o perdão faz parte do estilo de vida. Três práticas da *dolce vita* estão envolvidas nesse processo:

- Não se irritar com meras diferenças de
- Não gastar energia discutindo por causa significantes.
- Não alimentar antigos ressentimentos, mes de ofensas graves.

Não se irritar com meras diferenças de opinião

Existe um atalho seguro para aprofundar o senso de unidade familiar: deixar que todos possam expressar suas opiniões sem temer a censura ou o ridículo. Os italianos gostam de se manifestar com emoção e empenho, ainda que, em outros tempos, eu própria tenha testemunhado argumentos pobres em matéria de lógica. Mas, não importa qual seja o seu estilo de se exprimir, ele deve incorporar uma regra interna do núcleo familiar: todos têm direito à opinião, todas as opiniões contam. Pense um pouco: como você poderia aprender algo novo se o seu juízo fosse o único? Não é preciso concordar com sua irmã ou mãe, com seu irmão, pai ou cunhado. Ouça com paciência e atenção o ponto de vista deles. Isso significa não apenas dizer: "Você é importante para mim". Também estreita os laços de proximidade e de respeito mútuo.

Não gastar energia discutindo por causa de coisas insignificantes

Nada é mais prejudicial à serenidade da família do que o bate-boca sobre coisas insignificantes. A atitude dos italianos quanto à disciplina das crianças exemplifica o valor de deixar certos detalhes passar ao largo, em nome do convívio harmonioso.

Com sua baixa taxa de natalidade atual, a Itália parece estar transformando as crianças numa espécie em extinção. Em conseqüência disso, um observador estrangeiro pode ter a impressão de que tudo é permitido aos pequenos. Entretanto, raramente se vêem crianças com aquele irritante comportamento resultante do excesso de mimo. Por quê? Porque os italianos aplicam a disciplina de maneira sensata e sem exageros, concentrando-se mais naquelas atitudes erradas que prejudicam a formação do caráter.

Durante todo o período de nossa infância e adolescência, minha irmã e eu éramos repreendidas com moderação, e o castigo por transgressões como brigas de puxar os cabelos uma da outra resumia-se a passar duas horas trancadas no quarto. Muito diferente era a punição se mentíssemos, a qual crescia de acordo com a gravidade da mentira. Por quê? Porque nossos pais sabiam que puxar os cabelos da irmã não teria grandes conseqüências, enquanto a desonestidade ou a dissimulação poderiam influir em nosso caráter como adultas.

Quando estive em Roma, em visita à minha prima Maria, ela acabara de ter seu segundo bebê, uma menina. Sentadas à mesa, saboreando um bom café, vimos que Oreste, o mais velho, de dois anos, começou a correr em volta das cadeiras, gritando a plenos pulmões. Tornou-se difícil manter o diálogo, mas minha prima continuou a sorrir calmamente e a ninar o bebê em seu colo. "Adoro sua bela voz", ela disse com entusiasmo ao filho travesso. Então voltou-se para mim: "Oreste ainda não sabe como lidar com a irmãzinha".

Pensei comigo que Maria tinha paciência de santa. No entanto, em dez minutos seu tom de voz e suas feições tornaram-se severas, causando em Oreste uma mudança equivalente. O que fez a diferença? Da segunda vez, a mãe repreendeu o filho asperamente pelo que se tornara uma ofensa de caráter. Tirei da bolsa um brinquedo que havia trazido para Oreste, ele o pegou de minha mão e passou a brincar, sem mesmo dizer "obrigado"!

Não alimentar antigos ressentimentos, mesmo no caso de ofensas graves

Algum membro da família feriu seus sentimentos tão gravemente que você parou de falar com ele por anos? Parece uma atitude extrema, mas estou certa de que você passou por tal situação ou sabe do que falo. Se ao menos nós, adultos, tivéssemos a natural capacidade das crianças de superar as mágoas depois de uma briga!

Luigi Barzini observou que todos possuímos, dentro de nós, um pequeno nicho de espírito italiano. É aquela parte que "detesta regulamentos maçantes, teme os perigos da guerra e considera sufocante a estreita moralidade". Esse pensamento é uma boa metáfora de como os italianos geralmente lidam com discussões familiares.

- Primeiro, reconhecendo que o ser humano tem emoções, o objetivo não é negar os sentimentos nem tornar-se complacente ou frio demais a fim de poupar-se. Todos nos sentimos sufocados pela idéia de uma vida repleta de regras insípidas.
- Segundo, precisamos lembrar que as diferenças de opinião dentro das famílias podem levar, às vezes, ao sufocamento emocional.
- Finalmente, assim como os italianos aprenderam a temer as guerras ao longo dos séculos, também passaram a pensar duas vezes quanto a permitir que discussões evoluam para o rompimento de relações na família. Em outras palavras, devemos escolher cuidadosamente em qual batalha lutaremos.

Infelizmente, por vezes a raiva nos domina, e sustentar o rancor parece ser a melhor saída. Na verdade, essa é a trilha do covarde. É mais fácil deixar de falar com a pessoa em questão. Ao mesmo tempo, nutrir o ressentimento é o mesmo que alimentar sua própria ira — uma emoção que sta. A boa nova é que existe uma saída simples para orar o ciclo de raiva e negatividade. Psicólogos como Donald Meichenbaum acreditam que o rancor entre parentes pode ser dissipado se a raiva for encarada como um problema que tem solução. É de grande ajuda apanhar caneta e papel e escrever tudo o que o incomoda. Redija um apanhado do problema, faça uma lista daquilo que você pode mudar e então comece a agir, tentando exprimir suas idéias. Você ficará admirado com a reação positiva das outras pessoas a uma iniciativa sua para resolver as pendências familiares. Afinal, se a família é nossa primeira escola de vida, também é onde começa o perdão. Reflita sobre isso: a teimosia em ficar com raiva de alguém por anos soa absurda à luz das dificuldades da vida diária, no mundo inteiro. Tome uma atitude e faça o perdão prevalecer sobre a mágoa!

> ***Interessante!***
>
> *Os resultados de um estudo envolvendo dez mil famílias, pesquisadas pelo Censo de 2000, revelaram que a instituição da família na Itália ainda é sólida, intacta e, na maior parte, fortemente tradicional. Ao mesmo tempo, ela evolui a ponto de incorporar modernas tecnologias como o computador e o telefone celular.*

Regra 3: Envolver-se com as atividades dos filhos

Uma variante da *dolce vita*, capaz de fortalecer os laços familiares, consiste em participar ativamente da vida dos filhos. Segundo especialistas, um dos ingredientes básicos para garantir uma relação positiva entre pais e filhos é reservar algumas horas de convívio agradável todos os dias. Meus amigos Cinzia e Ugo nunca ficam em casa nos fins de semana. Tanto o filho de onze anos como a filha de sete jogam futebol amador em times infantis de Roma. Ugo ocupa o cargo de assistente de primeiros-socorros do técnico da equipe do filho, e Cinzia escreve sobre os jogos para um jornal local. Isso é envolvimento!

A chave dessa conduta é fazer coisas de que todos gostam. Ugo e Cinzia adoram futebol. Mas também seria possível desfrutar a calma de ler para seus filhos ou curtir a natureza em caminhadas por trilhas locais. Seja o que for, uma interação positiva faz com que as crianças se sintam cuidadas e amadas, e provavelmente elas serão mais comportadas, sem explosões destinadas a chamar a atenção. Em regra, as famílias italianas passam férias juntas, divertem-se, fazem compras, supervisionam juntas os deveres escolares dos filhos, e depois do jantar dão pequenos passeios. Essa proximidade continua na adolescência e até na idade adulta, pois muitas pessoas entre vinte e trinta anos ainda moram com os pais.

Existem diversos modos de partilhar horas produtivas com as crianças. Ao ligar a televisão, certo dia, vi um esplêndido anúncio institucional lembrando que somos os melhores professores para nossos filhos. As imagens mostravam um pai que pintava a garagem com a ajuda de um garoto, e uma mãe que plantava flores na companhia da filha. Há maneiras maravilhosas pelas quais pais e filhos podem interagir na vida: cozinhar juntos, alugar um vídeo que todos querem ver, ir cortar os cabelos, fazer uma matrícula familiar na academia de ginástica. Não esqueça: o envolvimento mútuo é o alicerce dos bons sentimentos e de relações sólidas que não se desintegram com o passar do tempo.

Regra 4: Contar com todo o tronco familiar como rede de apoio

A maioria dos italianos desfruta a segurança de saber que pode telefonar a qualquer hora ou simplesmente des-

> ### *Interessante!*
>
> *Na Itália, na década de 1990, houve um aumento de 50% no número de jovens adultos de 25 a 29 anos vivendo no lar paterno, e de 60% na faixa etária de 30 a 34 anos.*

cer a rua e vencer um lance de degraus para entrar em contato com seus familiares consangüíneos. Por exemplo, quando a mãe de uma amiga siciliana morreu, cinco anos atrás, ela naturalmente ficou arrasada. A mãe de Clementina, como tantas outras *mammas* e *nonnas*, desempenhou um papel fundamental na vida dela. Ajudou a criar os netos quando pequenos e sempre se desdobrou em gentilezas, como adiar a sopa para a hora em que Clementina e seu marido chegassem do trabalho, atrasados. Embora as duas famílias não vivessem sob o mesmo teto, eram bastante próximas — inclusive geograficamente — para dividir a rotina diária por anos a fio. O pai viúvo não ficou sozinho. Sem hesitar, minha amiga e o marido fizeram alterações em seus horários de modo a incluir o senhor idoso no jantar de cada noite. Além disso, em vez de acampar numa praia durante as férias, como faziam normalmente, passaram a alugar um pequeno apartamento no mesmo lugar, para propiciar mais conforto ao viúvo que os acompanhava.

"Laços de sangue" é a expressão geralmente usada para aludir à família, vista como fator importante para a saúde emocional assim como o sangue que corre nas veias é vital para o organismo. Lamentavelmente, nem sempre as pessoas têm a dádiva de viver perto e conviver com avós, tios, primos etc. Existem, porém, soluções surpreendentemente simples que podem integrar essa parentela à sua vida, não importa há quanto tempo você tenha perdido contato. Lembre-se: o mero restabelecimento de um contato com parentes "distantes" os transforma em "próximos", e a recompensa é enorme se comparada ao pequeno esforço exigido. Eis algumas práticas da *dolce vita* capazes de encorajar uma ativa interação familiar:

- Tome a iniciativa de telefonar.
- Tire proveito dos recursos tecnológicos disponíveis (Internet, por exemplo).
- Concilie visitas regulares aos familiares com suas atividades rotineiras.

Tome a iniciativa de telefonar

Outro dia, quando verifiquei meus recados telefônicos, escutei uma voz vagamente familiar: "Raeleen", disse a voz, "pensei tanto em você que resolvi telefonar. Ligue-me quando tiver oportunidade. Sinto saudade. Aqui é sua prima Anita".

Bem, fiquei radiante e liguei de volta imediatamente. Apresentei minha parte das desculpas por termos perdido o contato. É fantástico receber a ligação de um parente de quem não temos notícias há tempos apenas para saber que ele sente sua falta e continua pensando em você. Portanto, da próxima vez que você pensar em um primo distante, pegue o telefone imediatamente! Em poucos segundos, e com um gasto irrisório, você dará alegria a um parente e iluminará o dia dele. Sua vida, claro, também será enriquecida. Anita e eu moramos a uma distância de quarenta e cinco minutos de carro, e ainda assim não tínhamos contato por causa do ritmo acelerado da vida cotidiana. O telefonema inicial consegue reiniciar um relacionamento que tende a ser profícuo e duradouro.

Tire proveito dos recursos tecnológicos disponíveis

Do modo como nossa sociedade está estruturada, muitos de nós se vêem morando longe dos entes queridos, às vezes a distâncias realmente muito longas. Embora a moderna tecnologia não possa substituir o contato humano, ela é capaz de fazer maravilhas para manter contato entre duas visitas pessoais. A Internet pode ser usada o tempo todo para acessar amigos e colegas, mas que tal utilizar o *e-mail* para retomar o contato com parentes de maneira regular? É possível enviar fotos, ou mesmo criar uma sala de bate-papo, um *chat room* exclusivo para você e seus parentes. Em parte, a tecnologia atual é responsável pelas mudanças na estrutura familiar e pelo distanciamento físico de seus membros, mas também serve de antídoto para esses problemas. Por isso, trabalhe para trazer sua família de volta à cena.

Concilie visitas regulares aos familiares com suas atividades rotineiras

Lembro-me de uma discussão que tive com uma amiga quando ela me contou que seus parentes viviam na costa Oeste dos Estados Unidos, enquanto ela e sua família moravam na costa Leste. Uma das maneiras de estreitar a distância entre núcleos familiares é combinar as férias com reencontros de parentes. É uma idéia brilhante, que não exige maior esforço do que consultar algumas pessoas sobre lugares e datas. Alguns dias de folga com sua família podem se tornar uma lembrança inesquecível.

Anteriormente, mencionei que a única via para construir laços fortes entre filhos e pais é participar das atividades de cada um. Você começa com algo que cada qual normalmente faria, e o outro participa de algum modo. O mesmo vale para seus parentes, estejam perto ou longe. Às vezes não temos tempo para convidar uma tia solteira para jantar num restaurante. Mas, se ela gosta de ler, por que não levá-la na hora do almoço a uma *megastore* de livros e conhecer os lançamentos? Que tal discutir um autor ou uma obra tomando um lanche no bar anexo ao estabelecimento?

Há outras maneiras simples de incorporar o "dever familiar" ao prazer de rever parentes afastados. Na mesma ordem de idéias, se você e sua família se habituaram a sair para comer uma pizza todos os sábados, por que não convidar uma prima e a família dela também? Não é brincadeira: caso você e seu tio freqüentem o mesmo dentista, marque uma revisão conjunta, para o mesmo dia e horário. O raciocínio vale para situações menos triviais. Se você faz uma viagem de negócios, por que não marcar almoço ou jantar com parentes que moram naquela cidade? Seja criativo, e verá como os laços familiares, fortalecidos, lhe trarão novas alegrias.

Outras práticas da Dolce Vita *por uma família sólida*

Cultivar as tradições familiares

Transmitir a tradição de uma geração a outra ajuda a manter a alma da família conectada para sempre. Trinta anos atrás, visitando minha família na Calábria, conheci Gina, de dezoito anos, e seus irmãos mais novos, Luigi e Pino. Viviam junto com os pais, os avós maternos e uma tia viúva, numa casa grande mas modesta da Via Bartolo, nos arredores de Catanzarro. A Calábria é a ponta da bota no Mezzogiorno, a região sul da Itália. A mãe de Gina e *signora della casa*, chamada Lugia, sempre preparava chá de camomila ou café *cappuccino* para o desjejum. Colocava biscoitos frescos numa travessa, no centro da mesa, para que todos pudessem mergulhá-los na bebida. Incidentalmente, quem não está familiarizado com o hábito de *intingere* — molhar bolachas no chá ou café — não sabe o que está perdendo! Na Itália, quase tudo é embebido: pêssegos no vinho, biscoitos no *cappuccino*, pão no molho de tomate. São prazeres simples que tornam a vida mais agradável.

Hoje, trinta anos depois, os hábitos na casa de Gina pouco mudaram. Continua sendo a "casa da família" para ela e o marido. Alguns consertos e reformas tiveram de ser feitos. Agora é Gina quem prepara o chá ou o café para a primeira refeição do dia. Agora são os filhos dela que mergulham os biscoitos na xícara. "Por que será que os valores familiares são tão preciosos?", ela me perguntou certa vez, depois de ouvir com os filhos as últimas notícias sobre a campanha eleitoral nos Estados Unidos. "Mas também, que outros valores existem?"

O irmão Luigi ainda mora com Gina, conduzindo os negócios da família desde que o pai morreu. Pino voou mais alto e fez nome como banqueiro em Milão. Para matar a saudade da irmã e do mano, ele telefona quase todos os dias e vai à Calábria nas ocasiões festivas. De forma geral, a manutenção da tradição familiar estabelece uma linha contínua entre as gerações passadas e futuras. Isso cria um vigoroso senso de proximidade e integração. É como se cada indivíduo fosse colocado em contato com a própria história pessoal. E isso constitui uma dádiva que enaltece todo o resto da família. Se você acredita que sua família não conta com nenhuma tradição em particular — seja quanto a datas festivas ou outros temas —, faça uma pequena pesquisa. Consulte os mais velhos e pergunte sob que valores ou atitudes eles cresceram. Veja se consegue atualizá-los e torná-los seus também. Sem dúvida, você sairá interiormente mais rico dessa empreitada.

Similarmente, você pode inventar suas próprias tradições familiares, que passará a seus filhos, e eles a seus netos. A sua criatividade e determinação para converter a família em parte integral de sua vida trarão recompensas inimagináveis, verdadeiros prêmios ao seu bem-estar pessoal.

A família como fonte de auto-estima

> **_Interessante!_**
>
> *Mario Andretti, tido como um dos maiores pilotos de corrida de todos os tempos, chegou aos EUA em 1955, com sua família de cinco pessoas e 125 dólares no bolso. Dias depois, Mario e seu irmão se empregaram na oficina mecânica do tio, em Nazareth, Pensilvânia. Esse favor familiar definiu o destino dos dois rapazes. Certo dia, um carro de competição foi à oficina, inspirando Mario, seu irmão Aldo e alguns vizinhos a montar um próprio. O resto é História.*

Quando você trata bem e valoriza seus familiares, está fazendo com que se sintam melhores dentro daquilo que são, e os resultados positivos podem durar a vida inteira. É um efeito recíproco. O modo como você se relaciona com sua esposa e filhos reproduz o modo como eles se relacionam com você. Para a psicologia — e o bom senso —, a família é a primeira referência de identidade que se tem na infância. O psicólogo humanista Carl Rogers já mencionou uma "atitude positiva incondicional". Quer dizer que todos os seres humanos necessitam de aceitação, respeito, simpatia, calor e afeto — simplesmente por pertencer ao gênero humano. No começo da vida, as primeiras opiniões próprias que formamos são baseadas nas informações que os outros nos transmitem sobre nós mesmos. Na grande maioria, somos privilegiados por nossa primeira experiência de atitude positiva vir da mãe que nos ninou e acarinhou, vibrando com nossos primeiros movimentos e sons. Naturalmente, quando a noção básica de quem você é procede de alguém que lhe dá carinho e atenção, torna-se mais fácil desenvolver a auto-estima. Contudo, muitos não têm essa mesma sorte, o que não os impede de cultivar uma atitude positiva e transmiti-la a seus filhos.

Faça um esforço consciente para não se censurar constantemente. Admita seus erros, mas, em vez de abater-se, aprenda com eles. A auto-estima adquirida é a mais duradoura. Você pode dar a si mesmo e a sua família uma porção de oportunidades para vencer na vida cotidiana e, assim, valorizar todos os êxitos. A atitude construtiva em relação à esposa e aos filhos produzirá automaticamente uma luz brilhante, que se refletirá em você, causando efeitos positivos imediatos.

Esta noite, sentado à mesa do jantar, você pode praticar este simples exercício. Pergunte a cada um sobre o dia que tiveram, ouça com atenção e participe do diálogo em família. Mostre disposição de apoiar. Não seja o juiz quando alguém lhe abrir o coração. Ao contrário, aceite e abrace essa pessoa. Comente o que escutou, de modo a fazer com que ela se sinta compreendida. Deixe seus laços de sangue falar mais alto, levando todo o núcleo familiar a perceber que vocês estão juntos para o que der e vier.

O lar

Os italianos acreditam que o lar é o pano de fundo para a vida familiar. Por isso, torne seu canto o mais bonito possível. More você num condomínio modesto ou numa *villa* de frente para o Mediterrâneo, pouco esforço é exigido para melhorar o ambiente e marcá-lo com calor e serenidade. Tradicionalmente, na Itália a casa paterna é uma extensão da alma familiar. Por isso costuma ser mantida simples e meticulosamente limpa. Esse lar não é para ser alugado, vendido ou mesmo reformado, exceto em casos de reparos de manutenção. Não é para ser abandonado, facilitando assaltos ou invasões, ainda que nada disso tenha ocorrido na vizinhança por décadas. Minha amiga Nina ainda vai à casa dos pais uma vez por mês para "tomar conta" enquanto os moradores se ausentam para participar de reuniões na paróquia.

Os irmãos Gigi e Stefano possuem uma casa deslumbrante: uma antiga mansão restaurada, repleta de história em seus ornatos arquitetônicos. Ali, nos arredores de Milão, eles vivem com seus pais idosos. Os irmãos instalaram um escritório de consultoria em tecnologia no andar térreo, e assim a moradia atende tanto à vida profissional quanto à social. A propriedade passou por mais gerações do que é possível imaginar. E aí reside o ponto importante: muitos lares italianos de hoje constituem heranças familiares, daí porque é impensável desfazer-se deles. Repleta de boas ou más lembranças, a casa é um legado intocável.

A modesta mas aconchegante casa de meus avós, no bairro ítalo-americano onde fui criada, era uma construção geminada, e cada cômodo tinha um uso definido. O andar de cima era alugado para aumentar a renda, a parte da frente foi transformada em uma pequena mercearia, o porão abrigava uma adega e uma cozinha adicional para a produção de salsichas, o quintal converteu-se numa horta minúscula. Como criança, eu me encantava com os aromas de salsicha e vinho que impregnavam o lugar. Também me espantava com os espaços, que pareciam tão amplos. Na verdade, eram pequenos para abrigar quatro filhos em fase de crescimento. Mas Angelina impedia que a casa ficasse atravancada, organizava tudo tão bem que a reduzida metragem parecia alargar-se até o infinito. Todos os espaços eram bem cuidados. Havia retratos de família na parede, pinturas italianas em madeira, e na estante de livros jazia o velho acordeão quebrado que meu pai tocava na infância. Em todo canto, a casa exalava um pouco da história da família e de seus visitantes. Bastava entrar, e você se sentia bem.

Enfim, se você quer ter uma casa em que se sinta bem como no paraíso, reúna-se com seus familiares e decidam juntos o que traria mais alegria e prazer para cada um. Trocar a cor do quarto das crianças irá deixá-las contentes? Que tal juntar as relíquias da família num lugar em que todos possam apreciá-las? E manter flores frescas sobre a lareira, alegrando a sala? Jantar uma vez por semana na esquecida sala de refeições pode fazer com que seus parentes se sintam especiais. E talvez seja a hora de substituir ou consertar o aparelho de som, para ter um pouco de música de fundo. Cada membro da família pode cooperar com idéias capazes de transformar a casa numa expressão do amor mútuo de um pelo outro.

Deixe as crianças ser crianças

Você deve se lembrar da história de minha prima Maria, que nunca se atrapalhou por ter de cuidar de seu bebê recém-nascido enquanto vigiava o outro filho ainda pequeno, que gritava e corria fora de controle. Maria não é a única mãe italiana com alta tolerância a comportamentos "desregrados". Na Itália, é praxe deixar as crianças ser crianças. Elas têm de correr, gritar e saltar, até mesmo para gastar energia. Numa sociedade em que já chegamos do trabalho um tanto estressados, por vezes a paciência é curta. Não perca sua calma! Vá ao banheiro, se precisar, e conte até dez. Respire fundo mais de uma vez a fim de esfriar a cabeça. E lembre que o castigo, especialmente o castigo físico, pode produzir efeito contrário ao que você pretende. É sempre melhor conversar com seu filho, caso consiga, e estabelecer parâmetros claros, dentro do nível de compreensão da criança. Tenha em mente, porém, que os pequenos precisam de espaço para explorar, para criar e mesmo para testar seus limites naquela fase do crescimento.

O psicólogo David Elkind menciona o fenômeno da "criança apressada". Anos atrás, existiam ritos de passagem que marcavam a transição de uma etapa da vida a outra.

Agora, restando poucos marcos sociais, as crianças não contam mais com sinais de que certos comportamentos são apropriados. Geralmente, elas são pressionadas a crescer mais depressa do que podem. As roupas infantis se tornam cada vez mais provocantes, o que por si só pode representar um perigo. As crianças de hoje não apenas se vestem como miniadultos, mas também tentam se comportar com a liberdade dos adultos. Vêem filmes adultos, conhecem o sexo cada vez mais cedo, transformam a violência dos *videogames* em motivo de alegria e diversão. Seus pensamentos e emoções são bombardeados por um nível de estímulo que até gente grande tem dificuldade para processar, mas as crianças carecem de estrutura para colocar tudo isso numa perspectiva correta. Emocionalmente, não estão formadas. Os adolescentes com freqüência se sentem pressionados a lidar com mais novidades do que podem assimilar, e na pior das hipóteses acabam por desligar-se da família, sair de casa, experimentar drogas e prostituição, ou integrar-se a gangues, em busca de aprovação e identificação.

Se você quiser salvaguardar os direitos de seus filhos pequenos ser crianças, é preciso oferecer-lhes orientações sensatas, sem ser rigoroso nem liberal demais. Dentro desses limites, deixe-os ter bastante diversão, assegurando sempre que os adora pelo que são.

Sempre rio quando me lembro da reação de uma de minhas formandas, dias depois de ter feito uma palestra sobre o desenvolvimento infantil e em particular sobre permitir a uma criança satisfazer sua curiosidade, ao explorar o mundo que a cerca. Na classe, Maggie ergueu a cabeça com orgulho:

— Esta semana, em vez de ficar brava com meu filho por rabiscar nosso sofá de couro branco com lápis de cera, eu o elogiei por criar um excelente desenho!

Claro que Maggie exagerou.

Vendo o casamento como "família"

Somos imperfeitos e às vezes cometemos erros graves, embora humanos. Muitos de nós pensamos com propriedade: "Se meu parceiro me trair, estaremos divorciados dentro de uma semana". Os italianos encaram a falha conjugal com notável calma. Decisões apressadas geram mais erro e mais sofrimento. E se o seu companheiro mostrar que está arrependido e pedir perdão? E se você conceber seu parceiro não só como cônjuge mas também como alguém da "família" e, portanto, alguém "permanente" e importante no sentido de completar sua vida, do mesmo modo que seus pais ou filhos? Você pode imitar meus amigos DeNilo, quando Pietro pediu perdão à mulher por uma imprudência. O casal permaneceu unido e decidiu tornar seu relacionamento ainda mais forte. A realidade é que o impacto de um rompimento familiar nunca se vê cercado de leveza. Mas os italianos tentam preservar a coesão familiar a todo custo, à margem de influências e apesar dos erros graves. Claro que, também na Itália, os casos extraconjugais não são a regra. Os italianos, homens ou mulheres, são bastante ciumentos, mas a infidelidade não assinala necessariamente o fim de um casamento. A decisão de perdoar é pessoal e, definitivamente, um presente que você dá a si mesmo. Apenas você sabe se pode levar o relacionamento adiante, tal como fez a mulher de Pietro.

— Nosso casamento — disse-me Susanna DeNilo —, como tantos outros em meu país, foi baseado em diversos fatores, e o amor romântico era apenas um deles. Quando Pietro e eu nos casamos, também desposamos as respectivas famílias, que perfaziam quase toda a população da cidade! Como se pede divórcio de uma cidade inteira? Optamos por continuar juntos.

Pode ser que a excessiva ênfase dos meios de comunicação no amor romântico, desprezando o lado prático do casamento, seja parcialmente responsável pelos altos índices atuais de separação de casais. É comum sentirmos um grande desapontamento quando o romance começa a diluir-se, algo previsível com o passar do tempo, e alguns psicólogos dizem que a sociedade americana caiu na prática de uma "monogamia em série". Significa que as pessoas saem de um matrimônio para outro, terminando o relacionamento anterior no instante em que morre a paixão. Não precisamos entrar nesse frenesi. Temos alternativas!

Uma dessas alternativas consiste em dar ao outro uma segunda chance, porque assim estaremos dando à família inteira outra oportunidade de permanecer unida. Se a parte ofensora mostra verdadeiro remorso, provavelmente pode-se construir um relacionamento melhor a partir disso. O divórcio, assim como o casamento, é um passo sério, e muitas considerações práticas devem ser levadas em conta. Como disse Peter von Winter: "É humano punir, mas é divino perdoar. O perdão nem sempre é fácil, mas os italianos têm uma tendência instintiva a resistir a tudo que ameace a unidade de suas famílias. Se você acha que seu relacionamento é digno de ser salvo, tire partido de recursos como os conselhos de parentes ou os grupos de apoio de sua igreja, como "encontros de casais com Cristo". Também costumam funcionar bem as "férias conjugais", quando você tira alguns dias de folga, sozinho, para pensar em suas prioridades e nas decisões a tomar.

Apoio familiar

Registraram-se grandes mudanças na vida familiar italiana nos últimos trinta anos: taxa de natalidade de apenas 1,19 filho por casal, número crescente de mulheres optando por trabalhar fora, mais lares ocupados por pessoas solteiras e uso intensivo de novidades tecnológicas. Não obstan-

Interessante!

Hoje em dia há mais igualdade entre maridos e esposas em relação à tomada de decisões referentes à família. O papel tradicional da "dona da casa", porém, continua intocável, como cerne do núcleo familiar. Ela interage com o calendário das festas, com os professores das crianças na escola, e é a responsável pelas "relações públicas" da família. Ao contrário dos estereótipos, a mãe italiana agora se cuida, veste-se bem, mostra capacidade para enfrentar um emprego de período integral, se desejar. Não é mais a velha senhora vestida de preto caricaturada na televisão. Incidentalmente, o governo italiano oferece generosos incentivos à maternidade, estimulando os laços familiares a partir da própria base.

te, a família conseguiu manter sua estabilidade e a maioria de suas tradições essenciais, de acordo com o Censo.

Um dos fatores determinantes dessa estabilidade é a recíproca confiança e apoio dentro do núcleo familiar. Uma recente pesquisa multicultural descobriu que os italianos se ajudam uns aos outros de seis maneiras principais:

- Cooperação nas tarefas domésticas.
- Ajuda em caso de doença.
- Apoio financeiro.
- Ajuda à família como um todo.
- Apoio em casos de depressão.
- Aconselhamento.

Essas são as modalidades de ajuda que você pode prestar (ou pedir) dentro de sua própria família. Apoiar um ao outro serve para fortalecer o conceito de solidariedade, assim como deixa as pessoas gratas e disponíveis.

Festa familiar

Foi o filósofo Nietzsche quem observou: "O homem sofre de modo tão doloroso no mundo que foi compelido a inventar o riso". Em outras palavras, *anime-se*! Quando foi a última vez que você compareceu a uma festa com a maioria de seus parentes? Caso faça tempo, por que não inventar uma ocasião, um pretexto, e planejar essa reunião agora? Quando minha mãe faleceu, de maneira inesperada, tive uma das maiores lições que poderia aprender: a vida é curta, frágil demais para que se espere uma oportunidade de se alegrar. Os italianos amam uma festa e encontram qualquer motivo para comemorar: um casamento, o aniversário do vovô, a primeira-comunhão do filho. E o mais importante efeito da celebração consiste no reforço do amor e da solidariedade familiar. Estar juntos é o real objetivo da festa! A emoção se exprime à solta, graças a demonstrações físicas de afeto. Na verdade, é uma experiência rejuvenescedora combinar boa comida, música, riso e toda a família reunida. Agora, mexa-se e planeje a próxima festa familiar.

Capítulo Dois

A Arte da Amizade

Um amigo é outro de nós mesmos; se o amigo é rico, não somos pobres; se formos fraco, a força do amigo se torna nossa; e na existência do amigo há uma segunda vida depois que a nossa acabar.

— CÍCERO

Da fronteira alpina, ao norte, aos luxuriantes campos de oliveiras no sul da Sicília, cada pedaço do *stivale italiano*, a bota que configura o país, dá testemunho do culto de seu povo à *amicizia*, amizade. É um dos traços culturais que confere à existência uma doçura característica. O visitante encontrará provas visíveis de amizade na praça central de qualquer cidade, grande ou pequena. Ali, homens, mulheres e crianças de todas as idades e aparências passeiam pela calçada, de braços dados e envolvidos num animado diálogo em dialeto. Mas, além da conversa, o *chiacchiere*, flui o senso de amizade, perpassado por genuíno empenho e altruísmo. Muitos italianos descrevem a amizade como o aspecto fundamental de sua vida, equivalente ao senso de família. Amigos íntimos por vezes se transformam em verdadeiras famílias, sobretudo quando parentes consangüíneos estão fora de alcance ou quando as relações familiares se encontram estremecidas.

Por que é importante fazer amigos? Um bom amigo faz você se sentir com o pé no chão, apoiado, respeitado e acarinhado. Os amigos são nossos espelhos quando precisamos nos entender melhor, nossos professores quando se trata de assimilar lições de vida. Constituem nossos colegas de brincadeira se queremos apenas nos divertir, nossos terapeutas caso tenhamos problemas e não consigamos pensar claramente. Necessitamos de amigos para confirmar ou rever as idéias que expressamos. Não menos útil é o apoio emocional oferecido no caso de festejarmos uma alegria ou chorarmos uma tristeza. Quando o mundo nos pisoteia, um amigo íntimo nos levanta do chão, fazendo-nos sentir importantes e afagados.

A intimidade entre amigos pode ser, às vezes, mais forte do que aquela entre membros da família. E existem muitas coisas que nos dispomos a revelar a um amigo mas não a um parente, nem em sonho. Estudos da psicologia e da medicina comportamental comprovam que relações próximas contribuem para um maior bem-estar físico e emocional. Por isso, os italianos investem na amizade como uma aplicação proveitosa. Apresento a seguir cinco maneiras de se investir na amizade e também de ser um bom amigo.

1. Despender o **tempo** que for necessário para cultivar novas amizades e manter as antigas.
2. Ir além da superfície para criar **intimidade**.
3. Praticar o ato de dar e receber **afeto**.
4. Estar sempre disposto a **ouvir**.
5. Mostrar **lealdade** nas palavras e ações.

Cultivar novas amizades e manter as antigas

Que tal ampliar seu círculo de amigos e estreitar as velhas amizades que você tem negligenciado? Comece refa-

zendo a sua agenda de compromissos. A ami-
como tantas outras coisas que vale a pena ter e co-
exige tempo. Eis algumas sugestões de tempo para fa-
manter amigos:

- Saiba de antemão o que você quer e o que está disposto a dar.
- Reveja as bases de sua interação social.
- Selecione atividades que você e seus amigos apreciam.
- Esquematize um "tempo para os amigos" como se fosse um compromisso.
- Deixe seu computador ajudar, não estorvar.
- Faça de seu compromisso um hábito.

Saiba de antemão o que você quer e o que está disposto a dar

Como disse Sócrates: "Demore-se a construir uma amizade, mas, uma vez dentro dela, seja firme e constante". O processo de criar e manter amigos não é simples nem leve, porque requer uma forte determinação de sua parte. É importante parar um momento e pensar em como a amizade influi em outras dimensões de sua vida. Qual é a quantidade e a qualidade de seus amigos atuais? Existe algo que você gostaria de mudar?

Pegue uma caneta e papel e escreva algumas linhas sobre o que a amizade significa e o que você espera dela. Uma companhia para seus fins de semana? Alguém para partilhar seus objetivos profissionais? Alguém capaz de apoiar suas tradições religiosas e valores pessoais? Uma espécie de clone com a mesma situação familiar? Talvez você necessite de uma pessoa com quem falar de seus sentimentos diários, ou goste de sair com sua parceira na companhia de outro casal, para um cinema ou jantar. Não tenha vergonha de admitir o que você deseja de um relacionamento amistoso. É da natureza humana pesar o custo-benefício de qualquer relação. Chama-se intercâmbio social. E é claro que a outra parte, ao decidir-se por sua amizade, estará fazendo a mesma coisa!

Em seguida, verifique quanto tempo por semana você dedica à amizade. Não deve passar-se nenhuma semana na qual você negue a si mesmo tempo para um ato de sociabilidade. Ser sociável ajuda a colocar a vida em equilíbrio e a sentir-se conectado ao gênero humano. Você pode reservar as noites de sexta-feira, e mais uma durante a semana, para procurar amigos e passar algum tempo com eles. Nessa prática, sempre é possível ajustar o tempo, prolongá-lo ou reduzi-lo conforme suas preferências.

Finalmente, como a amizade é um compromisso de tempo, você deve ser seletivo quanto aos amigos mais íntimos e duradouros que já possui, assim como quanto aos novos. Bons relacionamentos causam um impacto positivo em seu bem-estar, mas os ruins aumentam o estresse e o deixam vulnerável. Nunca permita que pessoas negativas esgotem seu tempo e sua energia. A negatividade é mais contagiosa do que gripe, contamina tudo rapidamente. Livre sua vida das "toxinas sociais", assim como foge dos venenos químicos. Não se sinta culpado ao cortar laços com pessoas que o rebaixam ou humilham, ou que nutrem uma inveja doentia de você e de seus entes queridos. Não é preciso ser agressivo para cortar relações, apenas firme.

Reveja as bases de sua interação social

A decisão de reservar tempo para os amigos não garante automaticamente que saibamos desfrutar sua companhia. O trabalho estafante, o estudo intenso, as longas horas ao computador podem comprometer a vontade de conversar. Abdicamos da simplicidade de *fare quattro chiacchiere con un amico*, ou seja, manter uma conversa informal com um amigo, embora os italianos prefiram isso como terapia, em vez de uma dose de aspirina.

PierPaolo, de Roma, contou-me que a caminho de casa, toda noite, ele pára num bar e fala por cerca de uma hora sobre política, religião, futebol e... sobre nada de sério. Então vai para casa, janta por volta das oito e passa o resto da noite com sua família.

— Não considero isso uma maneira de matar o tempo — ele me explicou. — Ao contrário, é um modo de tornar o tempo vivo. Os amigos da roda de conversa relembram quem você é, no caso de ter-se esquecido. Em meu país, é impensável não dedicar tempo aos amigos.

A atitude de PierPaolo ilustra que é desnecessário elaborar excessivamente o intervalo passado junto aos amigos. Você só precisa dominar a arte da conversação. Falar face a face traz as pessoas para perto, mais do que qualquer outra atividade. Vale a pena cultivar suas habilidades de dialogar.

Caso você deseje uma rápida lição sobre o "toma-lá-dá-cá" da interação social, eis quatro pontos simples com os quais começar:

1. Faça seu interlocutor sentir-se importante e à vontade ao falar com você. Pergunte sobre seus interesses, sem tornar-se invasivo. Comece com banalidades e deixe o diálogo rolar! Encontre algo interessante para dizer! Para isso, esteja atualizado com o noticiário. Leia livros. Assegure-se, porém, de não fazer doutrinação ou passar-se por um maçante "sabe-tudo".
2. Preste atenção às "pistas sociais". Trata-se dos sinais, falados ou mudos, de como a outra pessoa está recebendo você. Retire-se se o outro parecer desinteressado ou distraído enquanto você fala. Mude de assunto quando ele se mostrar aborrecido ou deprimido. Um diálogo amistoso lembra bastante uma

dança. É preciso estar sintonizado com o parceiro para que a conversação possa fluir agradavelmente.

3. Manifeste sua apreciação aos amigos, novos ou antigos. Um abraço, um tapinha nas costas ajudam a elevar o ânimo. Jamais faça um elogio apenas para conquistar a amizade de alguém. Isso acaba sempre soando falso e, às vezes, insultuoso.

Selecione atividades que você e seus amigos apreciam

Quando quiser expandir seu círculo de amizades, transforme as atividades que você normalmente gosta de fazer sozinho em eventos sociais. Quem adora jardinagem, por exemplo, pode comparecer a uma palestra sobre o assunto ou ingressar na associação que geralmente existe na cidade. Uma vez lá, é fácil iniciar uma conversa, trocando informações sobre flores ou verduras orgânicas. O que você e as outras pessoas andam plantando? Qual o tamanho de seu jardim? Logo o diálogo irá superar o simples "sim" ou "não", tornando-se um claro convite para maior intercâmbio.

Com um velho amigo, concentre as atividades em programas que ambos apreciam fazer. Consulte o jornal e escolha concertos, filmes, peças teatrais, conferências ou caminhadas em grupo. Então, basta pegar o telefone e convidar o outro para acompanhá-lo.

Esquematize um "tempo para amigos" como se fosse um compromisso

Encontrar tempo para cultivar amizades é algo que funciona bem na Itália, onde os relógios são dispensáveis e os horários são mais sentidos do que anunciados. Especialistas interculturais confirmam aquilo que os turistas têm oportunidade de observar: na Itália o relógio avança em passo mais lento. O ritmo de vida é mais calmo, controlado. De acordo com o pesquisador Alfons Trompenaar, o país adota um sincronismo passado-presente em seu conceito de tempo. Significa que os italianos costumam emoldurar suas experiências atuais no contexto de seu passado, refletindo o respeito à sua História, aos ancestrais e primevos.

A natureza sincrônica da cultura italiana explica a tendência para conduzir atividades simultâneas, dentro de uma concepção de tempo menos rígida. No caso, o tempo flui de minuto em minuto. Isso permite uma marcante apreciação da vida no momento presente e conta muito em sua típica alegria de viver. Sem dúvida, é a riqueza das relações interpessoais que faz da Itália o *bel paese*.

Como vivermos nós em uma cultura cuja orientação temporal, de acordo com a classificação de Trompenaar, é seqüencial para o futuro? Inegavelmente, nossa cultura é orientada para o amanhã. Tendemos a planejar segundas tarefas e horários antes de terminar a primeira. Pense em quantas vezes você organizou e dividiu seu tempo, agora mesmo. Você mantém uma agenda diária? Faz uma lista de compromissos e cumpre um de cada vez? Já sacrificou seu horário livre para fazer trabalho atrasado? Pior, já adiou férias, visitas a amigos e parentes, atividades recreativas porque estava atolado de serviço?

A dedicação ao trabalho merece admiração, claro, mas ela também pode ser uma maldição em termos de vida social e, possivelmente, de saúde. Embora não possamos modificar a cultura em que vivemos — e nem queiramos isso, talvez —, existe algo que devemos fazer para desfrutar o melhor de dois mundos. Nós merecemos apreciar a *dolce vita* e temos a capacidade de vivê-la dentro dos parâmetros de nossa própria cultura. Como? Primeiro, firme um compromisso inegociável consigo mesmo para dedicar uma porcentagem de seu tempo à amizade. Segundo, use sua própria capacidade de se organizar e de dividir seu tempo de modo a privilegiar o contato com amigos. É simples!

O sociólogo italiano Francesco Alberoni diz que um amigo é "a pessoa que não apenas nos mostra a direção a seguir, mas também anda conosco uma parte do caminho". Estudos confirmam que pessoas estressadas ou ansiosas sentem-se melhor ao partilhar sentimentos com amigos que estão passando por experiências semelhantes. Por isso, é meritório reservar tempo para que você e seus amigos acompanhem um ao outro na estrada da vida.

Deixe seu computador ajudar, não atrapalhar

Entusiastas da tecnologia, os italianos respondem por um salto exponencial no uso da Internet, nos últimos anos. Mas há uma diferença no modo como eles usam seus computadores: para complementar, não para substituir, a interação ao vivo. Você já realizou uma pesquisa na Internet que o fez perder a noção do tempo? Várias horas podem se passar diante do monitor, sem que você note. E esse seria um período de tempo ideal para se dedicar aos amigos, pessoalmente. Os italianos adoram salas de bate-papo virtual, bem como o correio eletrônico, mas têm a tendência de ficar "surfando" na Internet apenas durante a noite, antes de se deitarem para dormir. O período do dia é reservado à interação ao vivo com colegas, amigos e familiares. Isso é especialmente verdade quando faz calor e as pessoas preferem sair de suas casas para aproveitar as praças, ao ar livre. Com uma pequena adaptação em sua agenda, você pode fazer o mesmo!

Eis a chave para usar a Internet em benefício de um investimento na amizade: utilize a Web para localizar atividades, para fazer novos amigos virtuais, para trocar idéias com gente que mora longe. No entanto, limite-se a uma ou duas horas, pela manhã ou antes de dormir. Assim, o excesso de tempo diante do monitor não irá atrapalhar suas saídas de casa nem seus contatos com as pessoas.

Faça de seu compromisso um hábito

Você sabia que bastam seis a oito semanas para criar um hábito? Mudar sua vida — seja adotando uma nova conduta ou cortando outra pouco saudável — requer certo planejamento, reflexão e revisão. Planejamento, claro, refere-se a conseguir tempo para os amigos. Reflexão serve para reconhecer seus erros ao negligenciar as amizades e ser pouco sociável. Então, é chegada a hora da revisão dos objetivos. Por acaso você foi irrealista na divisão de tempo que praticava antes? Certifique-se de que você não esteja criando desculpas. Por exemplo, se reservou uma noite por semana para estar com amigos, não tente eliminar esse encontro, mas reveja sua agenda para manter o compromisso original. No entanto, caso tenha selecionado um período inviável de tempo, deve fazer uma revisão para encaixá-lo mais facilmente em seu estilo de vida. Dessa forma você será capaz de lidar com seu tempo de tal maneira que esse comportamento se torne um hábito.

> ***Interessante!***
>
> *Os italianos adoram mandar saudações festivas via mensagens de texto de seus telefones celulares. Uma pesquisa indicou que o número de saudações de Natal via celular, entre amigos e parentes, subiu de setenta mil em 2000 para duzentos e setenta mil em 2001.*

Vá além da superfície a fim de criar intimidade

Eis dois conselhos úteis para transformar conhecidos em amigos:

- Defina o que você está disposto a oferecer.
- Seja o primeiro a oferecer, depois mantenha-se aberto ao que a outra pessoa possa lhe dar.

Defina o que você está disposto a oferecer

Isso pode parecer desagradavelmente calculista, mas se você não planejar com antecedência aonde quer chegar com seus amigos, corre o risco de assustar as pessoas de quem pretende se aproximar e atrair as que não quer! Determine a quantidade de tempo e de energia que vai dedicar a cada amigo real ou potencial. Qual parcela de sentimentos pessoais você vai revelar, sem se sentir inconveniente? Por exemplo, tudo bem em contar-lhe seus problemas no trabalho, mas não que sofreu abusos quando criança. Naturalmente, quanto mais íntima a amizade se torna, mais detalhes pessoais você se dispõe a confidenciar e, em troca, a ouvir. Pensar nessas particularidades com a devida antecipação lhe trará confiança em suas interações, e dificilmente você ficará embaraçado ou arrependido mais tarde. Mesmo sem ter de conversar sobre fatos que você depois venha a lamentar, trazer outra pessoa para perto de você envolve certo risco e vulnerabilidade. Se os seus esforços fracassarem, não leve isso para o campo pessoal.

Seja o primeiro a oferecer, depois mantenha-se aberto ao que a outra pessoa possa lhe dar

É preciso ser corajoso e dar o primeiro passo na direção de uma amizade. O que você tem a perder? Às vezes somos de tal maneira absorvidos pela rotina diária que deixamos de lado as coisas boas — como a socialização. Tome a iniciativa de convidar alguém que você não conhece para tomar um café. Fale de você. A maioria das pessoas ficará deliciada com a oportunidade de contato humano, porque elas também estão enterradas na rotina. Se perceber que o outro não morde a isca ou prefere manter o diálogo em nível superficial, recue um pouco e tente de novo numa outra ocasião. Certas pessoas precisam de mais tempo do que outras para adquirir confiança. Portanto, dê espaço e acredite em seus instintos a fim de definir o próximo movimento.

O poeta Kahlil Gibran escreveu em *O Profeta*: "E na doçura da amizade deixe acontecer o riso e a divisão de prazeres, porque no orvalho das pequenas coisas o coração encontra sua manhã e seu refrigério". Se essa partilha for mútua e equilibrada, a amizade será positiva. Se for unilateral, então o lado que tudo dá e pouco recebe logo irá tomar a rota de fuga.

Há alguns meses, fui à mercearia da *signora* Gamicchia. Ela é uma imigrante relativamente jovem, que ama os Estados Unidos como qualquer americano nativo, mas tinha problemas em se habituar ao ritmo acelerado daquela cultura. Sentia-se sozinha e ansiava por compartilhar conversas e boas risadas.

— As pessoas daqui são muito amistosas, logo a princípio, mas depois vão para suas casas e você não as vê mais. Fecham suas portas e não põem a cabeça para fora. Sinto falta de ir até a casa de um vizinho para tomar café — queixava-se a italiana.

Claro, havia alguma coisa a ser feita de imediato, e eu levei a *signora* para minha casa, onde lhe servi um *espresso* duplo!

— Senhora — eu disse —, simplesmente dê o primeiro passo.

— Como?

— Ofereça a seus vizinhos uma xícara de café e veja o que acontece.

Semanas depois, encontrei a sra. Gamicchia na igreja. Ela correu na minha direção, com um largo sorriso no rosto. Contou-me que duas vizinhas haviam recusado o convite para um café, mas três outras senhoras não só aceitaram como retribuíram. As quatro estavam pensando em formar um grupo de culinária e assim se encontrar regularmente!

Isso é reciprocidade social em seu melhor estágio. E tudo começou com alguém que deu o primeiro passo!

Quando atolados nas obrigações cotidianas, é fácil apagar as dimensões "não essenciais" de nossa vida, como a socialização. As escolas fazem o mesmo ao cortar gastos eliminando cursos como os de arte, música e esportes. Mais cedo ou mais tarde, porém, alguém se dá conta de que esses cursos "não essenciais" são, de fato, os mais fundamentais de todos, pois aprimoram o currículo escolar e inspiram criatividade. Se você se afastou do hábito da amizade, volte a tomar a iniciativa dando o primeiro passo. Não se deixe abater se o esforço não der resultado, simplesmente tente de novo, com outra pessoa. Há muita gente no mundo que gostaria de ter um amigo exatamente como você. E esse tipo de relação dá à sua vida uma nova dimensão, significado e riqueza.

Não aceito a explicação de que os relacionamentos devam seguir a lei do "olho por olho". Apesar disso, a proximidade exige uma espécie de reciprocidade, quando se trata de reforçar o contato e trocar revelações pessoais. Existe algo como uma descoberta, o que, em outras palavras, significa: "não entorne de uma vez a panela inteira de feijão". Você conhece alguém que tenha lhe contado toda a sua história de vida no primeiro encontro? Se você for como eu, sua reação deve ter sido uma grande vontade de desaparecer! Alguém que lhe revela mais do que você quer saber, sem dar tempo para uma gradual e mútua intimidade, demonstra falta de sensibilidade em relação ao interlocutor e, mais ainda, em relação ao traquejo social em geral. Dificilmente virá a ser um bom amigo em perspectiva. Por outro lado, é igualmente frustrante bater contra uma muralha de lábios fechados quando você almeja um pouco de conversa e aproximação. A comunicação entre amigos lembra a dança: é preciso haver dois para que aconteça. E a dança sempre deve se aprimorar com o tempo, mas *piano piano*. Lentamente.

Pratique o ato de dar e receber afeto

Há três modos básicos de mostrar afeto:

- Contato físico.
- Ternura verbal.
- Gestos solícitos.

Contato físico

Sua preferência pessoal e a cultura em que vive determinam a quantidade de contato físico que você tem com os outros. Certa vez, em um restaurante perto de Trapani, na Sicília, contei as vezes em que dois amigos homens se tocavam durante o almoço. Nos primeiros quinze minutos houve dez incidências de contato físico, alguns breves, outros mais demorados. Para os italianos, o toque é uma ferramenta indispensável durante a troca de confidências. Em passeios a pé, todos praticam o *braccetto*, andar de braços dados, sejam dois homens, duas mulheres ou um de cada sexo.

Não podemos mudar a cultura inteira em que vivemos, mas é interessante refletir sobre o papel do toque físico em nossa vida, em contraposição às regras tácitas de distanciamento social. A necessidade ou desejo de proximidade física varia conforme o indivíduo. Por exemplo, James ainda não se recuperou da época em que visitou parentes de sua mulher na Itália, quando o primo Pino insistia em enlaçá-lo e caminhar com um *braccetto*. Por outro lado, James sente-se perfeitamente confortável em dar em seus amigos um rápido abraço, apertar-lhes as mãos ou bater em suas costas durante uma conversa.

O especialista em comunicação Robert Bolton confirma que, muitas vezes, respostas não-verbais são mais apropriadas do que qualquer palavra que possa ser dita. Há ocasiões em que as palavras não vêm facilmente, e um abraço entre amigos diz tudo. No entanto, algumas pessoas podem sentir estranheza com relação ao contato físico, que pode lhes trazer conotações de maldade, malícia ou assédio sexual. Tudo bem. Nunca se deve forçar as coisas. Além disso, as normas culturais são diferentes entre países como os Estados Unidos e a Itália, mais expansiva e socialmente orientada. Você pode preferir não tocar seus amigos durante um jantar no restaurante, e mesmo assim extrair prazer de muitas outras expressões de calor humano. Você é quem decide a dose de afeição física que pretende dar e receber. Sente-se à vontade ao tocar e ser tocado por amigos do sexo oposto? Que tipo de toque lhe faz bem? Um abraço, segurar a mão, um afago na cabeça? Alguns amigos do mesmo sexo também podem sentir-se pouco confortáveis com um toque recíproco. Cabe a você definir se gosta de passear de braço dado com um amigo ou simplesmente dar-lhe uma palmada no ombro para enfatizar determinado ponto do diálogo.

Gestos de afeto podem constituir uma maravilhosa maneira de afirmar os laços com amigos íntimos. Todos nós temos uma necessidade instintiva de contato físico, desde recém-nascidos, incluindo as crias no mundo animal. Em geral perdemos essa experiência de calor e afeição quando crescemos. Mas se você anseia por um toque humano, comece por oferecer aos amigos mais próximos pequenos gestos de afeto, caso ainda não esteja praticando essa notável experiência. Veja se os amigos gostam, rejeitam ou retribuem o gesto. Acrescentar esse tipo de atitude em sua relação de amizade pode levá-lo a novas e profundas dimensões.

Ternura verbal

Escolha suas palavras com o mesmo cuidado com que seleciona amigos. A verbalização é uma ferramenta poderosa e tem efeito direto na reação dos outros. Mencionei anteriormente que a única maneira correta de fazer um elogio é fazê-lo com sinceridade. Palavras sinceras de apreciação conseguem transformar para melhor o dia inteiro de uma pessoa. Certa vez, quando adolescente, fui convidada pela professora de recreação para tocar violão para um grupo de idosos convalescentes num hospital. Toquei por cerca de uma hora as músicas que eu sabia, e descobri que os ouvintes as desconheciam. Solicitavam outras, bem específicas, e eu tinha de negar os pedidos, substituindo-os por canções do *The Doors* ou dos *Rolling Stones*. À noite, ao deitar-me, pensei em como havia sido idiota por não ter preparado um repertório mais "clássico" para a ocasião. Contudo, uma semana depois, recebi um bilhete de agradecimento da professora de recreação, elogiando minha seleção musical e dizendo que vários pacientes idosos já cantarolavam sucessos do *The Doors*! O bilhete me fez sentir muito bem e sempre me lembro dele quando preciso de um incentivo.

Além de elogios sinceros, palavras de encorajamento, apoio e simpatia estabelecem laços de ternura em relação a um amigo potencial ou efetivo. Dizer a uma pessoa que você a compreende, sem despejar conselhos, ou expressar sua tristeza pela perda ou dificuldade enfrentada por um colega, ou dar um rápido telefonema para congratular uma pessoa por uma promoção profissional, são maneiras eficazes e importantes de comunicar afeto verbal.

Gestos solícitos

Atitudes solícitas, gestos atenciosos fazem com que uma pessoa se sinta apreciada e querida. Existem muitas pequenas coisas que você pode fazer para deixar um amigo bem, ciente de que você se importa com ele. Pode ser um *e-mail* curto mas espontâneo, perguntando como passou o dia, ou um cartão-postal lembrando o aniversário. Um presentinho em retribuição a um favor recebido pode tornar-se um raio de sol na vida do amigo. Para meu prezado Marco, assistente de pesquisa na Universidade de Parma, a marcenaria é um passatempo. Há um ano, ele fez uma cadeira especial para o pai de um colega de trabalho e também amigo, chamado Alberto. Ele nunca cobrou por isso, mas todas as semanas, até hoje, Alberto lhe manda um "presente surpresa" em nome de seu pai. Às vezes, são simples ovos frescos, colhidos no quintal de sua casa; outras, uma travessa de macarrão caseiro feito pela mãe.

Um gesto solícito não apenas ilumina o dia de uma pessoa mas também o de quem o realiza, ao ver um sorriso brilhante no rosto do amigo, e isso não requer grandes quantidades de tempo nem de dinheiro. Pense em algumas coisas especiais que você pode fazer pelos amigos e que não exigem esforço, desde servir de babá quando eles precisam sair de noite até emprestar um livro pelo qual expressaram interesse. Quando você varre folhas caídas em sua calçada, que tal recolher também as do vizinho? Seria uma das milhares de maneiras de mostrar a uma pessoa que você a considera.

Estar sempre disposto a ouvir

Eis duas práticas da *dolce vita* que seguramente geram confiança nos relacionamentos:

- Se um amigo fala com você, deixe claro que você presta **atenção.**
- Quando solicitado a dar um **conselho**, faça-o com sinceridade e respeito.

Atenção

De acordo com um provérbio italiano, "escutar traz sabedoria, falar traz arrependimento". Imagine que você teve um dia frustrante. Telefona a um amigo e começa a desabafar. Após uma ou duas frases, seu amigo passa a dar conselhos não solicitados. Você talvez não queira aconselhamento algum, mas apenas *sfogarti*, desafogar-se um pouco. Seu amigo começa a entrar em detalhes sobre as próprias experiências de vida. Antes que você perceba, a conversa não se refere mais a você, mas ao outro! Ou seja, uma escuta simpática envolve atenção e reflexão sobre o que a pessoa que fala está dizendo. Vale por reconhecer que se trata de uma vivência única. É o tipo de atenção que um psicoterapeuta oferece ao paciente. Quando este sabe que é ouvido, começa a cura. A simpatia interpessoal significa usar seu quadro de referências para compreender o outro, mas a verdadeira empatia exige colocar-se no lugar do interlocutor e ver as coisas do ponto de vista dele. Segundo o humanista Carl Rogers, uma escuta empática é o maior presente que se pode dar a um amigo. Portanto, da próxima vez que alguém quiser lhe falar, escute com atenção plena, e só dê conselhos se forem pedidos.

Conselho

Esse é o real momento da verdade entre amigos. É quando os corações se tornam mutuamente confiantes, mais do que em qualquer outra situação. Você pode ter aprendido isso pelo caminho mais difícil, mas uma regra importante para manter sempre em mente é: não dê conselhos à toa, mas faça-o com honestidade e respeito quando solicitado. Na maior parte do tempo, realmente não gostamos que alguém nos diga que erramos, sobretudo se já nos sentimos arrependidos. Quando se pede conselho, está-se pedindo apoio. Isso não significa que você tenha de mentir. Na Itália, já ouvi conselhos chocantemente sinceros entre amigos. De modo típico, conselhos "sem filtragem" são trocados entre membros próximos de uma família e entre amigos muito íntimos. Há total confiança de que o conselheiro esteja levando em conta os melhores interesses do aconselhado. Em todas as outras situações, o conselho pode continuar sendo honesto, mas deve ter um pouco de cuidado, de "filtragem", para não magoar quem o escuta.

O que você diria se um amigo lhe pedisse opinião sobre uma trapalhada que, no seu entender, ele cometeu? Simplesmente fale: "Certo, você estragou tudo, mas não fique abatido". Em outras palavras, transforme suas palavras em um conselho positivo e valorizador. Seu amigo se sentirá apoiado a ponto de recuperar a paz de espírito. Isso é camaradagem!

Mostrar lealdade em palavras e ações

Lealdade, segundo os dicionários, é sinônimo de fidelidade. Quando perguntei a minha amiga Roberta como conseguia manter-se fiel aos amigos mais próximos, ela respondeu:

— *Si deve tollerare e perdonare.*

Pois tolerar e perdoar constituem duas vigas-mestras nas relações humanas.

Quando Arthur Helps disse: "A tolerância é o único verdadeiro sinal de civilização", ele devia estar se referindo à Itália. Tolerância e perdão caracterizam, no *bel paese*, as relações de amizade a longo prazo. Não faltam desacordos verbais entre amigos por lá, mas também se vê a tenacidade em encerrar a discussão com uma atmosfera favorável e seguir em frente. Os italianos não só desconsideram as diferenças entre as pessoas; eles as apreciam.

Além disso, requer muita energia "perder a cabeça" em cada discussão.

— Como no casamento — diz Roberta —, você deve deixar passar em branco os pequenos desentendimentos se quiser um amigo para toda a vida.

Todos nós podemos nos beneficiar com a prática da tolerância e do perdão.

Tolerância

É importante ser franco com os amigos a respeito daquilo que ofende você, mas constitui um erro verbalizar sua irritação por cada ninharia que o afete. Pense na última vez em que você se aborreceu com o que um amigo disse ou fez. Qual foi sua reação? Como se sentiu? Se falou ou agiu impulsivamente, talvez tenha se lamentado depois. Ou manteve a boca fechada e ficou feliz porque o desentendimento acabou rapidamente. Massimo, que é de Bari, na região da Apúlia, contou-me certa vez que ferir um amigo intencionalmente, com palavras maldosas, é como introduzir um prego num pedaço de madeira.

— Pode-se remover o prego e pedir desculpas, mas a dor e a marca do ferimento permanecem.

Por isso é tão essencial pensar antes de falar!

Um fenômeno benéfico e interessante ocorre quando você adquire o hábito de praticar a tolerância. Aprendendo a desprezar aborrecimentos de menor monta, você evitará magoar as pessoas e ainda se tornará menos frágil, bem como menos impulsivo. As ninharias vão parar de incomodá-lo, e você se sentirá mais autoconfiante por não ter de reagir a tudo que o rodeia. Todos saem ganhando!

Eis uma maneira simples de adquirir tolerância: na próxima vez que você se irritar com um amigo, repare em seus sinais físicos de alerta e utilize-os para recuar e mudar de direção antes de reagir. Que sinais são esses? A palma da mão fica suada, as faces esquentam, o coração bate mais rápido. Sintomas de preparação para a luta ou para a fuga. Eles avisam que seu corpo se prepara para uma situação estressante — como a retaliação verbal! Ao perceber tais sintomas, peça a seu interlocutor para esperar um instante, com o pretexto de ir ao banheiro, por exemplo. Longe do amigo, avalie se vale a pena continuar a discussão ou se isso trará mais danos do que benefícios aos sentimentos positivos que unem os dois. Lembre o quanto aquela pessoa significa para você e quantas coisas boas ela fez em seu benefício no passado. Tenha em mente que esse amigo também deve ter ignorado muitas pequenas irritações no convívio com você.

Perdão

Falamos das razões para o perdão no capítulo sobre a família, e só me resta acrescentar um conceito. Eu disse que o perdão é benéfico para quem perdoa. Mas eu gostaria que você considerasse como é igualmente benéfico pedir perdão, sobretudo quando acredita ter magoado alguém com algo que fez ou falou. Um franco e sincero "me desculpe" raramente é rejeitado. Pedir desculpas não só representa muito para um verdadeiro amigo, mas também faz maravilhas no sentido de tornar sua amizade ainda melhor. Por quê? Sempre que você aceita o risco emocional de pedir perdão, esse é um sinal de confiança e sinceridade. Pedir desculpas consiste num tangível testemunho de como é forte seu compromisso com uma relação de amizade.

Além da tolerância e do perdão, existem algumas maneiras simples de demonstrar lealdade para com um amigo. Você provavelmente poderá pensar em muitas outras.

- Nunca critique seu amigo para os outros.
- Defenda-o no caso de ouvir críticas injustas sobre ele.
- Seja paciente com os amigos. Deixe espaço para os erros humanos.
- Nunca termine uma conversa com uma observação raivosa.
- Esteja disponível para o amigo em caso de doença, luto ou necessidade de ajuda.

A história de Umberto e Rosario é um empolgante retrato da lealdade entre amigos. A relação amistosa durou por quase oitenta anos, desde a escola elementar, onde começaram a se gostar. Quando jovens, com o objetivo de impressionar as mocinhas, fizeram uma plástica no nariz. Juntos, economizaram dinheiro para uma viagem de trem a Milão, onde havia um médico especializado em transformar os rapazes em modelos de beleza. Mais velhos, Rosario não tinha condições de comprar um anel de noivado, e Umberto imediatamente lhe arrumou o dinheiro. Ambos foram padrinhos dos filhos um do outro e por fim se tornaram sócios ao decidir abrir um negócio próprio. As famílias se tornaram próximas, as crianças cresceram juntas e até mesmo os netos ficaram amigos.

Quando Umberto começou a se esquecer das coisas e mostrar-se impaciente, isso não assustou Rosario. Também não se impressionou quando Umberto não o reconheceu, e tampouco se irritou a ponto de lhe dar um tapa. Quando o mal de Alzheimer avançou de tal maneira que Umberto não tinha mais condições de ficar sozinho, Rosario lhe fez companhia, de modo a liberar a esposa para sair, fazer compras e ir ao médico. A morte foi a única força suficientemente intensa para separar os dois leais amigos, ao menos fisicamente. Hoje, aos 88 anos, Rosario ainda se recusa a lembrar ou mencionar um só aspecto negativo em seu querido Umberto. Dessa maneira, a lealdade do relacionamento continua viva. Como dizem os italianos, *Chi trova un amico, trova un tesoro*. Quem encontra um amigo, encontra um tesouro.

Práticas adicionais da dolce vita *para amizades extraordinárias*

Entre em conexão com as respectivas famílias

A conexão dá ao ser humano um senso de segurança e de acolhimento. Numa sociedade tradicional como a italiana, onde as pessoas permanecem no bairro onde cresceram, é provável que os amigos conheçam as famílias um do outro tão bem quanto a própria. A vida numa sociedade mais dinâmica torna difícil alguém entrar em contato com as raízes de outra pessoa, mas nada impede que nos tornemos uma parte querida de outra família. Isso nos garante os benefícios de uma "família ampliada".

Giancarlo e Vincenzo, de Pádua, foram bons amigos por muitos anos. Acostumaram-se a tirar férias familiares juntos, além de festejar os aniversários das respectivas crianças como se fossem as suas. Certa vez, Giancarlo convidou Vincenzo e sua mulher para sair e comer uma pizza.

— Não posso — retrucou o segundo. — Sábado vou ajudar meus velhos a esmagar as uvas para o vinho caseiro. Já não conseguem fazer isso sozinhos.

— Não se preocupe — Giancarlo lhe assegurou. — Fica para outro dia, talvez o próximo sábado.

A história não terminou aí. Naquele sábado, quando Vincenzo estava pisando uvas no tonel, na fazenda de seus pais, ouviu uma Vespa aproximar-se pela estradinha. Giancarlo saudou o amigo com um largo sorriso. Tinha abandonado seus próprios planos para o sábado e resolvido "dar uma mão" para a família de Vincenzo.

Essa atitude altruísta é típica do *volersi bene*, o bem-querer que marca as amizades na Itália. Os dois homens trabalharam até tarde da noite e continuaram no domingo de manhã, até completar a *vendemmia*, a colheita das uvas e seu pisoteamento. Na Itália a amizade é assim, seja no norte ou no sul. Precise você ou não, um amigo sempre está disponível para ajudar, não só a você como à sua família.

Se você não vive perto dos pais de um amigo íntimo, provavelmente mora próximo deste, de seus filhos e esposa. Que tal cooperar caso eles queiram ir a uma loja em liquidação? Por que não oferecer condução para as crianças até a escola quando o carro do amigo está na oficina? Do mesmo modo, por que não ajudar o amigo na pintura da garagem, satisfazendo a vontade da esposa? Há muitas maneiras de dar um novo significado à expressão "amigos de família".

Amizade de coração e alma

Caso você esteja investindo seu tempo e recursos emocionais numa amizade, faça com que ela realmente valha a pena aplicando entusiasmo na relação. Mostre abertamente aos amigos como você gosta de estar com eles! Coloque empenho em suas interações. Revele todo o conjunto de maravilhosas emoções humanas que você sente em seu coração.

Durante certa primavera, tive o impulso de sentar-me na praça do Batistério em Parma, desejosa de desfrutar a atmosfera local. Era a hora do crepúsculo e o céu se revestia de belos tons rosados e cinzentos. Pombos circulavam no calçamento, junto aos pés de cada pessoa que ocupava os degraus da igreja ou os bancos de pedra laterais. Fechei os olhos a fim de sonhar por um instante, mas fui despertada para a realidade pelas vozes fortes de duas moças no banco ao lado do meu.

— *Ma che ti succede, sei matta?* Mas o que acontece com você, está louca?

As vozes se tornaram mais firmes e estridentes. Logo os pombos decidiram que esperar por comida não compensava e se afastaram. Eu estava certa de que a primeira bofetada não tardaria, já que a discussão se aquecia e as mãos das jovens desenhavam gestos agressivos. Como a gesticulação não é tão aceita no norte da Itália como no sul, eu sabia que a situação poderia ser séria. Fiz nova tentativa de cerrar as pálpebras e ignorar o drama próximo de mim. Então, como por um passe de mágica, o desentendimento terminou tão abruptamente quanto começara. As duas amigas se abraçavam, riam e seguravam as mãos em júbilo. Por mais volátil que aquela interação pudesse parecer a uma estrangeira, eu não ignorava que, na Itália, ela era um sinal de total envolvimento no absoluto prazer de estarem juntas. Havia alegria, desacordo, proximidade física e um vasto conjunto de emoções, mas nem por um segundo alguma prova de desatenção, como um olhar de enfado para o lado enquanto a outra falava.

Fechei os olhos outra vez e sorri. Ah, como é profundo o deleite de ter a companhia de um amigo!

Capítulo Três

A Inabalável Alegria do Romance

Abençoado seja o dia, o mês, o ano,
a estação e o tempo, a hora, o instante,
a graciosa paisagem, o lugar em que eu fui
golpeado por aqueles dois adoráveis olhos que me marcaram.

— PETRARCA

Viva o amor! Numa terra que transforma homens em poetas, capazes de abençoar o dia, a hora e o lugar em que primeiro pousaram os olhos na mulher amada, é impossível deixar de imaginar que o romance, o flerte, foram uma invenção italiana! Onde mais cartazes de rua com imagens de gente seminua misturam-se naturalmente ao cenário? Onde mais se pode admirar a beleza de esculturas do corpo humano desnudo sem franzir a testa? Em que outro país uma supermodelo de fama nacional se oferece para fazer *strip-tease* em pleno estádio, se o seu time de futebol ganhar o campeonato? Nessa terra de Oz, o romance está em tudo e em toda parte. Integra a História, a literatura, as artes plásticas e a música. É um jantar à luz de velas ou um passeio ao museu, onde pares de namorados se refugiam nos cantos a fim de ter um momento de privacidade. O namoro é o inesperado interlúdio que acontece quando você colhe cogumelos silvestres no bosque. É a viúva de meia-idade que se mira ao espelho com uma nova paixão na alma. Para os italianos, amar é tão natural e vital quanto respirar.

Intimidade é importante, mas talvez o que haja de mais sedutor no *bel paese* seja a sua aura romântica e sensual. Da finura de um Rodolfo Valentino ao sacrifício de Romeu e Julieta, para um grande número de pessoas a Itália é um berço de amor e paixão. É onde os homens cantam sem pudor o tormento emocional de um interesse rejeitado. É onde as mulheres sorriem em flerte aberto, cientes de seu elevado *status* no coração dos homens. A paquera se torna espontânea como comer um prato de espaguete, sendo cultivada com o mesmo gosto e freqüência. Na terra que privilegia a aproximação pessoal, as pessoas falam de sua vida amorosa sem o menor constrangimento.

Nossa cultura é menos "demonstrativa" nesse sentido, o que não significa que tenhamos de viver sem flertar! Não é necessário morar na Itália para desenvolver paixões ao estilo italiano. Como tudo aquilo que vale a pena, o romance exige certo esforço, mas uma vez transformado em hábito ele se tornará um marco dentro de uma existência. Meus avós maternos foram loucamente apaixonados, até o dia em que minha avó morreu. Passaram a vida entre beijos, abraços e acaloradas discussões que levavam a um acordo igualmente passional. Quando leio que o namoro vem perdendo o sentido nos últimos anos, penso que os autores e analistas deviam ter conhecido meus avós. Talvez a experiência alterasse suas teorias.

Portanto, se você está disposto a arregaçar as mangas e começar, vamos conhecer as cinco indispensáveis prescrições da *dolce vita* para colocar mais romance em sua vida — e desprezar os livros de psicologia que dizem que ele não pode durar.

1. Goste de si mesmo.
2. Seja otimista.
3. Esteja aberto ao amor.
4. Seja másculo/seja feminina.
5. Faça do romance um hábito.

Goste de si mesmo

Se alguém lhe perguntar se você ama a si mesmo, provavelmente você responderá imediatamente que "sim". Mas e se a pergunta for se você *gosta* de si próprio? A resposta será mais difícil. Certa vez eu estava no balcão de um bar em Pádua, comendo um sanduíche e observando o movimento da rua pela ampla vidraça. Notei, maravilhada, que as pessoas caminhavam com a mesma autoconfiança de modelos ou estrelas de cinema. Bem-vestidas, empertigadas, cumprimentavam-se por meio de intenso contato visual e largos sorrisos. A impressão geral era de que todos diziam: "Eu gosto de mim".

Os italianos não apenas andam. Eles se exibem! Não se trata de um espetáculo forçado, mas sim de uma manifestação de forte auto-aceitação, que é impenetrável por qualquer força externa. Gostar de si próprio influi em tudo o que você faz. Na verdade, sua maior missão na vida pode ser transformar-se na pessoa de que você realmente gosta. Com amor-próprio, é possível amar os outros alegremente sem afetar suas reservas de auto-estima. Você estará pronto a abrir os braços e acolher o romance. Também será capaz de dizer "não" a experiências que não combinam com sua auto-imagem positiva. As pessoas que gostam de si mesmas são verdadeiros ímãs para atrair paixões. Como diz um velho provérbio italiano, *Chi vuol farsi amare, amabile deve diventare,* se você quer ser amado, deve tornar-se amável. Enfim, tudo começa com você!

Há alguns pontos a considerar no caminho para gostar de si mesmo:

- Livre-se dos velhos fardos.
- Desenvolva um forte senso de valor pessoal.
- Estabeleça limites.
- Abuse da linguagem corporal.

Livre-se dos velhos fardos

Com bastante propriedade, a psicologia enfatiza a importância da infância e da adolescência no desenvolvimento pessoal. Esses períodos têm mais a ver com a formação da identidade do que qualquer outra fase da vida. Se uma pessoa não chegar à idade adulta com uma auto-imagem saudável e positiva, será complicado dividir com outra pessoa as emoções do romance ou do namoro.

Minha amiga Luana, de Piacenza, faz uma analogia com o saldo bancário:

— Se você não tem nada na sua conta, começa a pedir emprestado da pessoa com quem está envolvida. À primeira vista pode parecer que você está retribuindo o amor dela, mas logo estará endividado e passará a se sentir dependente. E a dependência é como um veneno para o romance.

São muito raras — se é que existe alguém — as pessoas que atravessam a infância e a adolescência ilesas, sem algum trauma emocional, em menor ou maior grau. Então, o que uma pessoa pode fazer se não gosta de si mesma hoje em dia por causa do fardo negativo que carrega desde pequena? Em vez de se ater ao passado e usá-lo como desculpa, é importante começar a reagir, até se sentir melhor.

O romance não tem vez entre pessoas carregadas de recalques emocionais. A negatividade mal-resolvida impede você de fazer "depósitos" em sua "conta". Em conseqüência disso, você corre o risco de se tornar amargo ou carente, e sem aquela leveza de coração que é essencial para um relacionamento amoroso saudável.

Recuperar-se das mágoas do passado torna a pessoa psicológica e inteiramente pronta para amar. Em vez de chamar esse processo de "cura", prefiro chamá-lo de "integralização", porque o que a pessoa faz, essencialmente, é recolher os fragmentos do passado e pô-los em ordem no devido lugar a fim de completar-se e começar a gostar de si mesma. Aquele que tem auto-estima, que gosta de si mesmo, não transfere para a pessoa amada a responsabilidade de compensar os fardos do passado. Este tipo de conduta destrói qualquer relacionamento, e em bem pouco tempo.

O processo de integralização tem início quando a pessoa pára de se lamentar das mágoas do passado e começa a juntar os cacos. Existem três abordagens, em crescente intensidade, que o ajudarão a expressar seus sentimentos e a resolver os problemas.

1. Sugerir que você **mantenha um diário** pode parecer um clichê, já que esse método é amplamente indicado para tudo, desde projetos para perder peso até curar dores lombares. No entanto, apesar de clichê, a prática do diário funciona. O ato de escrever no papel tudo aquilo que o incomoda, tudo o que feriu você ao longo de sua vida, é uma forma de autotreinamento. Permite que você aprenda a reagir às suas necessidades e expectativas. Pode acontecer de você fazer uma pergunta a si mesmo e não atinar com a resposta por dias a fio, mas cedo ou tarde a resposta virá. A maioria das coisas que precisamos saber estão exatamente dentro de nós, o tempo todo.
2. Às vezes, uma **boa e longa conversa com um amigo íntimo** é a melhor psicoterapia que existe. Tente ex-

por idéias sobre o que você vem carregando de seu passado e como isso o afeta de maneira negativa. Deixe claro para o amigo que o favor será retribuído quando ele ou ela necessitar conversar com você.

3. Se você sentir que a influência dos eventos do passado é poderosa demais para ser vencida por meio de um diário ou de uma conversa, **marque consulta com um terapeuta profissional**. Ele o guiará na viagem de redescoberta e apontará fatos que você por si só não conseguiu perceber.

Para complementar o processo de integralização, você precisará fazer mais do que exprimir sentimentos por palavras. Terá de conceber um plano de ação, para definir de que maneira irá mudar os padrões do passado de agora em diante. Então, qual é o seu plano? Exprima-o. Fale sobre ele. Escreva. Por vezes, haverá necessidade de modificar o comportamento individual, como fez minha amiga Sylvia.

Sempre que o namorado de Sylvia dizia que gostava da cor de sua roupa ou de algum acessório que ela estava usando, ela estremecia e sentia os pêlos da nuca se arrepiarem!

— Eu ouvia a voz de minha mãe me criticando de novo! "Sylvia, troque de suéter. Essa cor deixa você pálida". Demorei algum tempo para me dar conta de que Attilio não estava me criticando, e sim elogiando minha aparência. Ao tomar consciência de como estava reagindo negativamente, adotei a técnica do beliscão. Comecei a me beliscar como lembrete para mudar de atitude e refletir, antes de responder a Attilio. Estaria agindo corretamente? Estaria permitindo que velhos refrões se repetissem em minha mente? Quando parei de me torturar, passei a ser capaz de apreciar os comentários de meu namorado em vez de estragar a noite com sentimentos infundados. Ele de fato estava dizendo algo simpático para mim!

Desenvolva um forte senso de valor pessoal

Minha amiga Joana conheceu o artista e poeta Lúcio, na Itália, quando tinha 19 anos. Ele era bem mais jovem, e na época a diferença de idade pesava! Assim, a idéia de um envolvimento romântico nunca ocorreu a Joana. Certo dia, quando Lúcio a acompanhava numa caminhada pelos arredores da cidade, ele parou e plantou em seus lábios um beijo apaixonado, que poderia servir de modelo para a capa de um livro romântico. Ao recuperar o fôlego e entender o que havia acontecido, Joana lhe explicou que já tinha um namorado na cidade em que morava. "Não há problema", garantiu Lúcio.

Por fim ela retornou aos Estados Unidos, ele permaneceu na Itália, e a vida voltou ao normal. Semanas depois, ela começou a receber o que viria a se constituir em remessas bimestrais de poemas incrivelmente bonitos sobre o tema do amor rejeitado. Os versos continham excêntricas expressões de sentimentos, e os mais "dolorosos" vinham sublinhados ou destacados numa cor diferente, geralmente em vermelho. Anos depois, Joana comunicou a Lúcio que ia se casar. Ele se mostrou surpreendentemente sereno ao telefone e desejou-lhe felicidades. Pouco tempo depois escreveu anunciando que estava fazendo planos para seu próprio casamento. Na carta, Lúcio expressava sua gratidão a Joana ter-lhe propiciado a experiência do amor não correspondido: "Foi uma fase maravilhosa para mim", escreveu ele. "Meus quadros e minha poesia fluíam da emoção de me sentir rejeitado!"

Lúcio não era uma pessoa leviana. De fato, seu interesse em minha amiga era genuíno, mas ele preservou sua saúde emocional a ponto de ver em sua "desventura" uma fonte de inspiração estética e crescimento artístico. Vi tal situação repetir-se em diversos círculos, na Itália, graças à convicção de que, não importa o que aconteça em sua vida, é importante manter a dignidade e seguir adiante, porque "o amor sempre o encontrará outra vez".

Estabeleça limites

Você se sentirá imediatamente melhor consigo mesmo a partir do momento em que começar a dizer "não" e estabelecer limites para as pessoas que lhe pedem mais do que você pode dar. A chave para delimitar fronteiras é ser claro e coerente, sem ser rude ou grosseiro — o que faria você se sentir pior em vez de melhor. A técnica do "disco quebrado" faz maravilhas nesse sentido. Certa vez, ouvi Salvatore, um *pizzaiolo* de Sorrento, usá-la com um amigo que foi lhe pedir uma pizza especial no horário de maior movimento.

— Não posso — disse Salvatore. — Se você quiser escolher pelo cardápio, fique à vontade, mas para levar uma pizza especial precisará esperar pelo menos uma hora e meia, até que eu tenha tempo de prepará-la.

— O quê? Vamos! Não posso esperar, preciso da pizza agora. Deixei minha sogra e a família dela no carro. Eu poderia voltar aqui dentro de meia hora, quando terminarem de fazer compras.

— Estou atolado de trabalho, não tem jeito. Eu faria sua pizza se fosse possível.

— *Ti prego,* por favor!

— Hoje não!

— Quarenta e cinco minutos?

— Não!

— Ufa! Está bem, então volto daqui a duas horas, certo?

— Perfeito! E ainda vou colocar manjericão extra, como você gosta.

Todos saíram felizes dessa disputa. A definição de limites é um testemunho de que você se respeita e uma indicação de que as pessoas devem respeitá-lo também.

Abuse da linguagem corporal

Os italianos são bastante atentos à maneira de se comportar. Certa vez, vi um par de desconhecidos sentados em cantos opostos do balcão de um café em Milão. Ela era uma loira alta e bonita, com lábios brilhantes, bem delineados, e outros atrativos físicos. A poucos metros dela encontrava-se seu admirador. Cada onda dos cabelos desalinhados era obviamente intencional, e ele bebia seu *espresso* com a elegância de um galã de cinema. A moça balançou suas longas madeixas claras com um movimento sensual da cabeça, e a boca pintada entreabriu-se num leve sorriso. Por meio de sinais, o homem pediu ao garçom que servisse uma torta doce para ela. A loira apontou para ele com o dedo indicador: "Você vai dividir esse doce comigo, porque é grande demais para mim". Por alguns segundos, a única comunicação entre ambos foi um sorriso. Se eles se aproximaram para um interlúdio romântico depois do café, não sei dizer, mas fiquei bastante impressionada com o poder de flerte e de sedução associado a uma confiante linguagem corporal.

Refletir confiança no próprio corpo representa um aviso ao mundo de que você gosta de ser como é. Há uma declaração implícita no fato de manter-se bem ereto, fitar as pessoas nos olhos, sorrir. Em geral, não é preciso mais do que isso para enviar um sinal romântico. Já reparou em quantas pessoas caminham pela rua com o olhar distraído ou cabisbaixas? Às vezes os ombros são curvados como se elas procurassem se fechar num casulo. Pode se tratar de indivíduos que estão compenetrados em algum pensamento e não querem ser interrompidos, mas na maior parte das vezes são pessoas temerosas de fazer contato visual com outras. Uma linguagem corporal insegura revela timidez e baixa auto-estima.

Se a sua linguagem corporal deixa a desejar, use a técnica do espelho. A cada manhã, antes de sair de casa, observe-se num espelho de corpo inteiro e corrija sua atitude. Olhe diretamente em seu reflexo, como se fosse um desconhecido, e sorria. Ensaie o melhor sorriso que puder, sem parecer falso ou ridículo. Em seguida verifique sua postura. Imagine uma corda esticada do alto de sua cabeça até o teto. Lentamente, force os ombros para trás e descontraia-os para baixo. Encolha a barriga e empine os quadris de modo a formar um leve arco pélvico. Depois pratique, dando alguns passos. Mantenha a cabeça erguida e o olhar dirigido. Coloque um sorriso nos lábios e mova os braços com segurança. Continue ensaiando até ver que seu corpo transmite a mensagem: "Gosto de mim e estou pronto para gostar de você também". Guarde uma fotografia mental dessa imagem ao espelho e leve-a consigo durante todo o dia, como lembrete.

Seja otimista

O romance sempre está ao alcance das pessoas positivas. Praticamente, o amor fareja esses bem-aventurados, atraído por sua energia. Você já deve ter notado que uma pessoa otimista atrai outras, às centenas. Em contrapartida, nem mesmo um cachorro se aproxima de alguém deprimido ou queixoso!

Leonardo era um solteirão de meia-idade que conheci em meu antigo bairro. Não era particularmente bonito, embora se vestisse com esmero. Falava inglês com um leve sotaque italiano e caminhava como um rei. Eu me encantava com a pequena loja de bebidas dele, à qual, surpreendentemente, iam muito mais mulheres do que homens. Era estranho na época, pois a maioria dos consumidores de álcool era do sexo masculino. Mas a loja também vendia refrigerantes, e eu corria para lá sempre que conseguia juntar moedas para comprar uma garrafa. Certo dia ocorreu-me que as mulheres não iam ao estabelecimento de Leonardo para comprar uísque. Uma delas levara para ele um prato de biscoitos. Outra fora até lá para lhe dar uma informação de seu suposto interesse. Uma terceira entrara para perguntar se Leonardo havia melhorado da gripe. Eu era jovem demais para perceber a atração magnética que ele exercia, mas aquele comerciante de bebidas poderia ter escrito um livro sobre esse tema. Ele falava carinhosamente com as clientes, elogiava seus penteados e suas roupas. Ao falar, olhava cada interlocutora nos olhos, como se não houvesse mais ninguém na loja. E ainda terminava cada conversa com uma observação positiva. Mesmo se alguém mencionasse, por exemplo, uma morte recente, Leonardo comentava como essa pessoa tinha sido maravilhosa em vida.

Tal personalidade não se restringia às clientes do sexo feminino. Leonardo tinha um sorriso e uma palavra de encorajamento para todos. Honestamente, ele sempre via o copo meio cheio, e não meio vazio. Esse é o verdadeiro segredo da atração pessoal. A atitude positiva de Leonardo atraiu mais namoradas do que podemos imaginar. Como a maioria dos italianos, ele evitava exibir um sorriso falso. Durante algum tempo, até mesmo os italianos podem queixar-se de maneira exagerada. Mas depois de um bom *sfogo*, desabafo, voltam a apreciar a *dolce vita*. A negatividade não prevalece sobre o reconhecimento da delícia de viver. Enquanto a maioria das pessoas não precisa que lhe digam como exprimir emoções negativas, algumas precisam de ajuda a fim de expressar as positivas! Seguem alguns conselhos típicos do *bel paese* para você infundir à sua personalidade uma energia radiante:

- Permita-se ser feliz.
- Aprenda a discutir consigo mesmo.

- Seja interessante.
- Demonstre entusiasmo.

Permita-se ser feliz

Existe um milhão de atalhos para a felicidade, e nenhum deles implica esperar anos e anos para que esse objetivo seja alcançado. Para alguns pode ser uma boa refeição caseira. Para outros, um tranqüilo passeio na praça. Mas um detalhe é verdadeiro quanto à felicidade pessoal: sem ela, o relacionamento amoroso é abafado e sufocado. Viver um romance constitui uma situação feliz e as pessoas sentem-se inspiradas a agir romanticamente quando seu coração está leve. Como alcançar esse estado, mesmo que você não esteja feliz agora?

Segundo pesquisas nessa área, a felicidade não é um ponto de chegada, mas um processo. Quando alguém se dedica a fazer coisas que lhe agradam, perde a noção do tempo. São momentos em que a pessoa se encontra imersa no processo da felicidade. É possível que, até este momento, você tenha acreditado que a felicidade fosse algo relacionado a alguma meta ou situação futura. Os italianos não esperam que o dinheiro caia do céu. Eles procuram ser felizes no instante presente. Alegram-se com um prato de espaguete, com uma caminhada pela praça central da cidade, com um café no fim da tarde ao lado de um amigo. O segredo reside em estar consciente do processo de ser feliz e engajar-se nele.

Além da capacidade de reconhecer os momentos prazerosos, a felicidade floresce do riso. Procure envolver-se, tanto quanto possível, em experiências e atividades que o divirtam e favoreçam seu bom humor. Os italianos, por exemplo, adoram contar piadas. Obviamente, boa parte das anedotas referem-se a paqueras, façanhas amorosas e conquistas, e algumas são bem picantes.

Aprenda a discutir consigo mesmo

No campo da psicologia, há um fato bem sabido: quando nos sentimos derrotados, tendemos a exagerar a negatividade e entrar em depressão. Por exemplo, é comum uma pessoa ter a seguinte linha de raciocínio ao convidar um possível parceiro(a) em potencial e receber uma recusa: "Fulano(a) deve me achar mesmo uma pessoa bem cansativa. Eu não tenho mesmo sorte no amor. Aliás, pensando bem, sou um fracasso em todas as áreas da minha vida".

Está vendo como nosso pensamento pode ser irracional? Pior, uma negatividade infundada torna-se um círculo vicioso que, se não for rompido, é capaz de arremessar a pessoa num poço de depressão. Preciso contar o que meu avô Domenico fazia quando se sentia desanimado ou decepcionado com alguma coisa. Ele discutia consigo próprio! Hoje, graças a psicólogos como Albert Ellis e Martin Seligman, assimilamos a arte da autodiscussão como uma técnica para combater os estados depressivos. Domenico não tinha conhecimento desses fundamentos científicos, mas instintivamente punha-se a examinar as evidências, e se não encontrasse uma boa razão para se sentir deprimido, concentrava-se nos aspectos positivos, e pronto.

Tomemos o exemplo que citei acima, da pessoa cujo convite para sair foi recusado pela outra parte. Se acontecer comigo, como posso argumentar comigo mesma para me livrar da negatividade? Para começar, vou procurar provas de que minhas idéias negativas têm fundamento: Existe alguma prova de que a tal pessoa me acha cansativa? Todas as pessoas que eu convido para sair recusam sistematicamente? Tudo está realmente indo mal na minha vida — ou também existem coisas boas acontecendo? A partir do momento em que você recorre a uma linha racional de pensamento, você começa a se sentir mais sereno e feliz, à medida que as coisas são colocadas em sua perspectiva correta.

Seja interessante

Uma coisa é trocar olhares lânguidos e oferecer doces no balcão de uma cafeteria. Contudo, uma vez iniciado o flerte, é preciso criar substância para levá-lo adiante, caso contrário a situação se tornará entediante em muito pouco tempo. Costumo recomendar uma maneira simples de se manter interessante: ler o jornal de cabo a rabo, todos os dias. Isso mesmo. Claro que você pode fazer outras coisas, se quiser e tiver tempo. Pode se matricular num curso de extensão cultural ou assistir a seminários e palestras sobre assuntos que o interessem, mas isto não é indispensável. Ler o jornal lhe proporcionará sempre algum assunto para comentar. Trará conhecimentos, ajudará você a formar opiniões e manterá você uma pessoa interessante.

Demonstre entusiasmo

Recentemente, uma amiga minha inscreveu-se numa agência de encontros que garantia pelo menos dois "contatos" por mês. Os pretendentes deveriam telefonar para ela e marcar lugar e hora para o primeiro encontro. O primeiro candidato foi recusado imediatamente.

— Sem chance! — ela exclamou. — A voz dele parece de um defunto e ele está tão interessado em conhecer alguém quanto um vegetariano em ir a uma churrascaria.

— Mas o que foi que ele disse? — perguntei.

— Para começar, cada vez que eu sugeria um local, ele respondia: "Para mim qualquer lugar serve, não faz diferença". Acredita nisso? Se para ele não faz diferença, para mim também não!"

Eu compreendi o ponto de vista de minha amiga. Embora a indiferença ou a distância emocional muitas vezes seja causada por timidez, ela é facilmente interpretada como falta de interesse. A falta de entusiasmo faz com o romance o mesmo que um repelente faz com os insetos: repele! Quando você estiver na companhia de alguém que o atrai, deixe o entusiasmo tomar conta de sua voz, de seus gestos, de suas palavras. Focalize os pontos positivos de seu dia. Fale em tom otimista. Mostre empolgação a respeito de sua vida. Não existe maior repelente num relacionamento afetivo do que um comportamento depressivo, ansioso ou irado.

Esteja aberto ao amor

O segredo é estar aberto — não desesperado. Se você empreender uma caçada ao amor munido de um rifle, só vai conseguir afugentá-lo. Meu amigo Tony ficou tão aflito para encontrar uma namorada depois de seu divórcio que, sem querer, emitia vibrações que afugentavam qualquer mulher num raio de duzentos quilômetros! Tentei explicar a ele que o romance é como uma sobremesa. Se você está esfomeado, precisa primeiro providenciar o prato principal. Isso significa aprender como se realizar, antes de tudo, como indivíduo. Só então você estará pronto para desfrutar a sobremesa. Tony não via as coisas dessa maneira. Ele tinha a sensação de que, se não tivesse um relacionamento amoroso, sua vida não teria sentido. Agora, avalie o peso da carga de uma pessoa que sente que é sua responsabilidade dar sentido à vida de outra! O truque é ficar aberto ao amor, mas sem obsessão. O que isso significa? Significa fazer coisas que facilitem a você pôr-se em contato com a pessoa em quem você está interessado, mas que sejam coisas que, independentemente disso, você goste de fazer. Não fique sentado dentro de casa, lamuriando porque o telefone não toca. Você tem de sair à luta. Não é uma garantia de que sairá vencedor, mas ficar de braços cruzados não o levará a resultado algum.

Se você, que está lendo este livro, já tem um parceiro ou uma parceira, já está adiantado no jogo do amor. Tudo o que precisa para manter-se aberto e predisposto ao romance é saber reconhecer, apreciar e acatar os gestos de romantismo da pessoa amada. Doe-se livremente, usando o instinto como guia. Pode acontecer de um ou outro dar mais do que receber. Embora as chamas de um relacionamento se extingam rapidamente dentro de uma mentalidade "olho por olho, dente por dente", é importante avaliar se a totalidade da relação a dois é balanceada e recíproca.

Onde encontrar o amor, caso você esteja livre? Não, não é necessário viajar à Itália. Ao contrário, as pesquisas mostram que os semelhantes se atraem, portanto, pode relaxar e olhar à sua volta, em seu próprio bairro. É claro que há maior chance de um romance duradouro quando ambas as partes têm o mesmo ponto de vista com relação aos valores básicos. Além disso, existem técnicas que os italianos utilizam para ampliar as oportunidades de uma grande paixão, e elas funcionam em qualquer cultura.

- Deixe que as artes inspirem o flerte.
- Dê o primeiro passo.

Deixe que as artes inspirem o flerte

Anos atrás, quando eu estudava em Perúgia, lembro-me de estar sentada à beira da fonte Maggiore, no centro da cidade, lendo um texto didático. O dia estava ensolarado, quente, e as batidas das asas dos pombos quase me faziam cochilar, a intervalos regulares. Durante um desses lapsos, senti alguém bater em meu ombro. Saltei.

— *Ciao* — disse um rapaz sorridente que se apresentou como Daniele, um estudante da mesma idade que eu, e que se sentou na mureta da fonte segurando uma maleta de artista plástico e pincéis nas mãos.

— *Ciao* — retribuí, dizendo meu nome.

Daniele contou-me que estudava para ser um modelista na área médica e mostrou-me sua coleção de pulmões, fígados e reproduções de outros órgãos que não consegui identificar. Antes de qualquer comentário meu, ele empunhou a caneta de desenho e passou a esboçar algo com fantástica rapidez. Vi um coração humano tomar forma. Não se tratava da conhecida imagem que as pessoas trocam no Dia dos Namorados, mas de um retrato fiel e completo do músculo, com sangue, veias e artérias. Na base da folha, ele escreveu: *A Rachele, con il sorriso incantevole,* a Raeleen, de sorriso encantador.

Nunca mais vi Daniele depois daquele dia, mas guardei seu esboço por anos. Para mim, representava o poder do romance, seja qual for a hora e a maneira como ele esbarre em você. Um simples gesto de ternura, mesmo que não leve a nada mais, tem o dom de elevar o ânimo e fazer uma pessoa se sentir feliz por estar viva!

Se você sentir que precisa de um pouco de inspiração romântica, faça como os italianos: deixe que as artes preparem o terreno. Experimente ir a um museu, admirar quadros e esculturas com a figura humana. Assista a concertos de música clássica ou escute as músicas românticas da sua época. Leia poemas românticos. Às vezes nos esquecemos de como a arte em geral fornece equilíbrio e uma maior dimensão à nossa alma. Caso o flerte ou paquera por si só não o transforme em poeta, saiba que um poema de amor é altamente inspirador. Considere, por exemplo, os versos que Dante Alighieri (1265-1321) dedicou a Beatriz. São simples e assombrosamente profundos:

> *O amor é aquela luz que brilha no olhar*
> *de Beatriz, um esplendor que nasce da alma e*
> *se revela primeiro no olhar, depois no sorriso.*
>
> — *DE "NE LI OCCHI PORTA MIA DONNA AMORE"*

Quanto mais exposto você estiver à expressão humana do amor, mais seu coração estará aberto à paixão. Lembre-se: o romance não tem de ser lógico, precisa somente ser desfrutado. Para os italianos, o amor existe por si só e não requer argumentos para sua existência.

Nas palavras do autor italiano Carlo Fornari, escrevendo sobre Maria Luigia, antiga duquesa de Parma, em *Maria Luigia: o amor de uma mulher*:

> *Se a conhecêssemos melhor, talvez a amássemos menos. Para que o amor seja cego, duradouro e abnegado, ele também deve ser irracional, não contaminado por análises psicológicas inúteis ou julgamentos morais, que acabam sendo mais prejudiciais do que benéficos.*

Dê o primeiro passo

Quem se sentar na concorrida escadaria da Piazza di Spagna, em Roma, e observar a interação entre homens e mulheres nativos, descobrirá que não há lugar para a inibição no processo de flerte. Quando duas pessoas se sentem atraídas, na Itália, o mundo inteiro fica sabendo. Talvez isso aconteça por meio de um olhar intenso ou um toque no braço que não deixa dúvidas sobre o desejo contido no gesto. O flerte carregado de eletricidade entre os sexos não é interpretado, naquele país, como assédio sexual, nem como falta de moralidade. É meramente uma afirmação da vida. Sem sensualidade, cada dia se dissolve no seguinte e a vida se torna monótona, carente de romantismo.

> **Interessante!**
>
> *A língua italiana distingue amigos de amantes por meio das expressões* ti voglio bene *e* ti amo *(gosto de você, ou te quero bem, e te amo). A primeira é para os amigos e parentes, a segunda se destina à pessoa amada. Desse modo, não há confusões.*

Quem quiser mais romance em sua vida deve fazer como os italianos: arriscar-se e dar o primeiro passo, enviar o primeiro sinal. Vez por outra, você certamente obterá uma resposta positiva! Também é importante estar receptivo a insinuações românticas, caso elas venham de alguém que lhe interessa. No romance, das duas uma: ou se ganha ou se perde; mas metade do prazer está no potencial de vencer.

Katherine, por exemplo, conheceu Aldo pela Internet, quando entrou numa sala de bate-papo virtual a fim de perguntar sobre uma velha cantiga que seu pai entoava para ela. Aldo não só conhecia a música como, por coincidência, ela era originária de sua terra natal, Asti, onde o pai de Katherine havia sido criado. Nasceu uma bela amizade da troca de *e-mails*, referentes a receitas típicas e história regional. Como a maioria dos italianos, Aldo era versado em História e gostava de falar das tradições de seu país. Para Katherine, foi como se reconectar às próprias raízes. Logo começaram a se comunicar por telefone e, após um ano de contatos eletrônicos e telefônicos, Katherine decidiu dar o primeiro passo e procurar Aldo ao ir à Itália para visitar seus parentes distantes. Aldo ficou eufórico ao conhecê-la pessoalmente e revelou-se um grande romântico. Levou-a a castelos, onde fizeram piqueniques com queijo e vinho. Mostrou-lhe as montanhas e ambos passaram horas diante de paisagens de tirar o fôlego. Ele a levou também a catedrais suntuosas, onde acenderam velas. Tomaram sorvete, enquanto passeavam pelas ruas de Asti. Em meio a tudo isso, Katherine imaginou como seria sua vida se não tivesse dado o primeiro passo para um namoro. Hoje, ela e Aldo estão casados há mais de sete anos.

Seja másculo/seja feminina

Os italianos acreditam que os atributos masculinos e femininos dados por Deus têm o direito de coexistir e de ser abertamente louvados! Na Itália, os homens ainda abrem portas para as mulheres, carregam sua bagagem e ajudam-nas a vestir os casacos. Eles contemplam com ternura a mulher amada durante o jantar, demonstrando a impaciência de esperar pelo momento em que ficarão a sós. As mulheres, por sua vez, não hesitam em deixar sua sensualidade brilhar por meio dos gestos, das roupas e da atitude receptiva diante dos homens. Sorriem docemente e se movimentam com graciosidade, como se merecessem ser admiradas. Na verdade, italianos e italianas apreciam sua respectiva herança sexual e são naturalmente orgulhosos dela.

Lorena tem 65 anos e é dona de uma lavanderia em Verona. Quem entra em sua loja vê-se imediatamente capturado por um suave perfume violáceo, o *Violetta di Parma*, que compete com os aromas dos vapores químicos dos produtos dos equipamentos. O penteado e a maquiagem de Lorena parecem sempre ter sido planejados com antecedência. O batom combina com o esmalte das unhas, que combina com a fragrância de lavanda exalada por sua blusa bordada à mão. Essa *signora* usa saltos mais altos do que eu mesma jamais tentei usar. Os olhos estão sempre sutilmente delineados e um suave toque de *blush* lhe colore as faces. Há instantes em que Lorena parece ser quinze ou vinte anos mais jovem. E os clientes do sexo masculino gostam de levar suas camisas à lavanderia, porque Lorena sempre lhes dedica uma atenção especial. De vez em quando, ela pisca maliciosamente para os clientes. Se existe um exemplo da feminilidade italiana, Lorena é a número um!

A visão mais fundamental da *dolce vita* quanto à sensualidade é sentir-se orgulhoso do que você é e agir em função disso! As mulheres realmente adoram homens fortes, e estes gostam de mulheres gentis. São qualidades que refletem a natureza e a essência das diferenças entre os sexos e, coincidentemente, as que atraem os gêneros opostos.

Quando conheci Giulia, não sabia quem ela era nem quais caminhos o futuro lhe reservava. Eu tinha parado em um bar, a fim de tomar um copo de água e uma xícara de café. Enquanto bebia, o recinto mergulhou subitamente no silêncio, acusando a entrada de uma majestosa mulher veneziana, com cabelos louros de tom metálico, como os retratados pelos pintores da Renascença. Usando saia de couro e botas de cano alto, Giulia adentrou o bar com passadas firmes e graciosas, sem se abalar com a platéia de homens boquiabertos. Surpreendentemente, encarou seus admiradores nos olhos, dirigiu-lhes um sutil sorriso de reconhecimento e abriu caminho por entre as mesas como se desfilasse numa passarela. É difícil imaginar uma cena tão corriqueira e, ao mesmo tempo, tão carregada de sensualidade, mas Giulia reagiu aos olhares e assobios como uma artista de teatro respondendo aos aplausos.

Encontrei Giulia anos depois, quando eu estava num pronto-socorro italiano, com um tornozelo luxado. Não, ela não era uma outra paciente internada. Era a médica que me examinou! Demonstrou ser a quintessência da união entre mente, beleza física, profissionalismo e feminilidade. Tal qual uma romântica obra de arte italiana.

Faça do flerte um hábito

O psicólogo americano Robert Sternberg usou a expressão "amor consumado", que seria o ideal porque transcende o simples comportamento romântico e envolve elementos de intimidade (proximidade e cumplicidade), paixão (atração física) e compromisso (promessa a longo prazo). O amor consumado seria o tipo de amor mais completo, e por isso o mais difícil de alcançar.

Quem visse meus avós juntos, pensaria que tinham se casado na véspera, embora sua união já durasse cinqüenta anos. Embora o romance fosse uma pequena parte do profundo compromisso mútuo que mantinham, ainda havia lugar para ele dentro do relacionamento, através dos anos. Quando brigavam, era sempre de uma maneira respeitosa, e a discussão realmente terminava com a última palavra dita, sem deixar seqüelas. Diante dos outros, formavam uma frente única, não importando as opiniões individuais. Todo sábado, minha avó fazia o prato favorito de meu avô: batatas fritas. No começo de cada mês, ele ia entregar sapatos ao atacadista e deixava minha avó ver o primeiro par do novo estilo da moda. Conversavam com uma das mãos inevitavelmente pousada no braço ou no ombro do outro. Em determinadas ocasiões, exibiam expressões faciais cujo significado só o parceiro compreendia. Sempre exprimiam o que pensavam e, acima de tudo, realmente gostavam de fazer as coisas juntos.

Aprendi muito da observação de meus avós. Notei as técnicas particulares que eles usavam e que você também pode utilizar se quiser criar um eterno romance com a pessoa que ama.

- Evitar os quatro venenos do romance
- Apreciar o estilo do parceiro(a)
- Seis semanas para criar o hábito do romance

Evitar os quatro venenos do romance

Não há nada mais nocivo para o romance do que:

1. Queixar-se
2. Criticar
3. Discutir com agressividade
4. A incapacidade de perdoar

Se você se relaciona com seu companheiro dessa maneira, ou mesmo pensa que poderia fazê-lo, queira, por favor, apanhar seu diário e analisar seus limites. Do que você se queixa mais, com relação ao parceiro? Quais as situações ou atitudes dele ou dela que levam você a fazer críticas? Que agressões pessoais geralmente vêm à tona quando vocês discutem? Quanto tempo leva para vocês esclarecerem tudo e resolver a questão?

Já que a solução de problemas é uma via de mão dupla, nunca é simples pinçar o problema e determinar o que o disparou. Você deve conceber uma maneira de aprender com os problemas e, dessa maneira, agir diferentemente. Aprender com os problemas não significa entregar os pontos, embora um pedido de desculpas sincero, juntamente com o plano de comportar-se melhor da próxima vez, façam maravilhas para pacificar o relacionamento e propiciar uma reconciliação.

Meus avós sempre tinham cuidado com o que diziam um ao outro. No calor de uma briga, nunca se poderia dizer que perdiam a linha. A *nonna* me confirmou, certo dia: "As palavras, uma vez saídas de nossa boca, nunca mais poderemos apagar".

Apreciar o estilo do parceiro

Não há duas pessoas idênticas num relacionamento romântico. Um pode gostar de dizer "te amo" centenas de vezes num dia. O outro talvez prefira não dizer nada mas massageia os pés do parceiro(a) todas as noites, depois do jantar. São as diferenças de expressão romântica que mantêm o relacionamento interessante, e é importante enquadrá-las na perspectiva adequada. Ninguém pode simplesmente exigir que outra pessoa se relacione com ela de maneira idêntica à que ela se relaciona com a pessoa. Seria irreal, enfadonho e sem significado. Pense nisso. Que valor teria, se eu pedisse ao meu parceiro que repetisse inúmeras vezes ao longo do dia que me ama? Ao contrário, se eu conseguir interpretar as massagens dele como declarações de amor, então o romance seguirá leve e solto.

Seis semanas para criar o hábito do romance

Na verdade, seis semanas são tempo suficiente para criar qualquer novo hábito, portanto, que tal elaborar um plano de seis semanas para pôr romance em seu relacionamento? Faça uma pequena lista de coisas que você pode fazer, a cada semana, para despertar um sorriso no rosto da pessoa amada ou para desencadear um novo caso de amor. É fundamental que sejam coisas que você gosta de fazer e que se sinta bem ao fazê-las.

O psicólogo social David Myers descobriu que as pessoas que têm um relacionamento amoroso estável desfrutam um maior bem-estar e aproveitam melhor a vida, sejam elas jovens, maduras ou idosas, homens ou mulheres, ricas ou pobres. Essa conclusão é confirmada por pesquisas realizadas nos Estados Unidos e na Europa. As pessoas se sentem mais satisfeitas com a vida quando sabem dar e receber amor. Aquelas que se declaram felizes no casamento apresentam menos relatos de sentimentos de solidão e depressão do que as que não têm um relacionamento estável ou que vivem uma união desgastante ou desgastada. Fazer um esforço para incorporar romance ao relacionamento diário ou não se importar com isso é como a diferença entre fertilizar um canteiro de flores ou deixá-lo abandonado à própria sorte. O romance é o primeiro fator que atrai as pessoas, e jamais devemos menosprezar o poder que ele tem de manter duas pessoas unidas. O romance inclui gestos que adicionam tempero à vida e que mostram a uma pessoa que ela é importante para alguém. O romance sólido, inabalável, é que dá aos relacionamentos italianos — e pode dar ao seu também — aquele doce toque de durabilidade, irracionalidade, altruísmo e a incondicional capacidade de perdoar.

Capítulo Quatro

Refeições que Nutrem o Corpo e a Alma

Nada se compara à calmaria que desce na ora di pranzo *sobre esta cidade normalmente apinhada de gente, barulhenta e caótica. Na hora do almoço, Roma parece vazia. Muitas lojas fecham. O povo desaparece. E os únicos sons que se ouvem, ao passar pelas casas, são os ritmos singulares de pratos e talheres retinindo, de toalhas sendo estendidas nas mesas ao ar livre dos restaurantes, ou os ruídos vindos das janelas abertas das mansões, onde famílias se reúnem como fazem há milênios, para partir o pão.*

— ALAN EPSTEIN, *AS THE ROMANS DO*

Desde pequena, descobri que a reunião familiar em torno da *tavola*, a mesa de refeições, transcendia o ato de levar o garfo à boca. Era, a rigor, a base de tudo o que nós nos tornaríamos na vida. Ali aprendíamos não só a comer direito, mas a nos relacionarmos entre nós, a manter a saúde física e emocional. À mesa, aprendíamos sobre o traquejo social e sobre a própria vida. A refeição conjunta nos trazia nutrição e segurança. Tornava-se o foco central do dia, oferecendo apoio, boa alimentação e um senso de companheirismo. Sentíamos gratidão pelo que possuíamos e percebíamos a importância de retribuir algo ao mundo. Não era algo simples para um evento rotineiro como um almoço ou um jantar.

Com freqüência, nossa mesa de refeições era duplicada, graças às extensões, e então eram convidados avós, tios, amigos. Nessas ocasiões, o encontro ganhava ares de festa, mais que de um mero encontro familiar, e o cardápio era mais esmerado do que o normal, com pratos e sobremesas especiais. Música, riso e o tilintar dos copos enchiam a atmosfera, criando a sensação de que o mundo e a vida eram maravilhosos.

Hoje, faço questão de manter a integridade da mesa italiana com minha família e amigos, e espero que meus filhos conservem a tradição e a transmitam às gerações futuras. O detalhe é que não é preciso ser italiano para incorporar essa experiência fabulosa aos horários das refeições. Comece com estas quatro dicas para criar um evento capaz de nutrir corpo e alma, dentro da tradição que me foi passada pela família:

1. Adote um cardápio mediterrâneo nutritivo.
2. O que conta não é só o que você come, mas como come.
3. Faça da hora da refeição uma experiência social.
4. Comece com ingredientes básicos e receitas simples.

Adote um cardápio mediterrâneo nutritivo

Outro dia, um comercial de televisão promovia a dieta mediterrânea em forma de pílula. O moderno milagre prometia trazer os benefícios do vinho tinto sem que a pessoa precisasse tomá-lo de fato; as vantagens do peixe fresco sem ter de consumi-lo; e as qualidades do azeite de oliva, das frutas e dos legumes sem necessitar ingeri-los na forma natural. O único detalhe que o anunciante não abordava era como criar duas horas de interação familiar em torno de um comprimido!

Por mais absurdo que pudesse ser aquele anúncio, as vantagens da dieta mediterrânea são conhecidas há tempos. Na década de 1950, o nutricionista Ancel Keys liderou uma pesquisa na qual acompanhava o desenvolvimento de 12 mil participantes, entre 40 e 60 anos, de vários países, incluindo Japão, Estados Unidos, Holanda, a ex-Iugoslávia, Finlândia e Itália. Concluiu que algumas doenças eram típicas de sociedades industriais, onde as pessoas consomem quantidades excessivas de gordura, carboidratos e proteínas. Além do saudável azeite puro, a dieta mediterrânea, baseada na culinária do sul da Itália, inclui cereais, verduras, frutas e peixes, que reduzem o colesterol ruim e o risco de doenças cardiovasculares, particularmente a arteriosclerose, a hipertensão, o infarto e o derrame. Para consulta do leitor, uma Pirâmide da Dieta Mediterrânea consta do final deste livro. Há outras pesquisas que mostram que esse tipo de alimentação previne o diabetes do tipo 2.

> **Interessante!**
>
> *O Parmigiano-Reggiano é um queijo de casca dura e grossa, cozido porém não prensado. É fabricado com o leite cru de vacas cuja alimentação inclui apenas grama fresca ou ferro. O único aditivo permitido é o sal, e o período de cura, em média, dois anos.*

Simplicidade e pureza são os mais importantes componentes da cozinha italiana. As autoridades estão sempre vigilantes quanto à qualidade dos alimentos, isentos de agrotóxicos e modificações genéticas. Embora a maioria dos italianos não saiba explicar o que é exatamente o "alimento orgânico", cerca de 50 mil empresas do país encontram-se engajadas em sua produção — o que constitui 40% da colheita da União Européia e faz da Itália o país mais "orgânico" da região! Além de puros, os ingredientes são combinados de um modo que maximiza a longevidade e a vitalidade, de acordo com um estudo feito pelos cientistas da

Organização Mundial da Saúde. O DALE, sigla em inglês para Expectativa de Vida dos Ajustados à Incapacidade, analisou a longevidade, como indicador de saúde perfeita, em 91 países. A Itália ficou em primeiro lugar, enquanto os Estados Unidos ocupavam a vigésima quarta posição no *ranking*. Um dos fatores: o alto índice americano de doenças coronarianas. O tipo de alimentação mediterrânea realmente protege as pessoas de moléstias cardíacas e do câncer? Muitos presumem que sim, mas havia dúvidas — como a influência genética —, até que uma pesquisa da Escola de Medicina de Saint-Etienne, na França, confirmou as virtudes da culinária mediterrânea.

Esse estudo dividiu 605 pessoas infartadas em dois grupos. O primeiro trabalhou em conjunto com médicos para seguir uma dieta similar à recomendada pela AHA (*American Heart Association*, Associação Americana de Cardiologia), e o outro adotou o estilo mediterrâneo de alimentação. A ênfase concentrou-se menos em reduzir gorduras — o limite da AHA era de 30% — e mais em consumir frutas, legumes, grãos integrais e peixe, além de substituir azeite de oliva por manteiga.

Em quatro anos, diferenças significativas surgiram entre os dois grupos. No grupo "mediterrâneo", 14 membros faleceram, em contraste com o conjunto da AHA, que registrou 24 óbitos. Além disso, os seguidores da dieta mediterrânea apresentaram metade da incidência de casos de câncer e um terço do número de novos ataques cardíacos, em comparação com o grupo da AHA. A especulação foi de que os resultados eram melhores porque as pessoas mantinham-se fiéis a uma dieta mais saborosa. Provou-se também que os ácidos graxos ômega-3, contidos no peixe, e o azeite de oliva encontrados no cardápio mediterrâneo têm a propriedade de reduzir a incidência de doenças cardíacas e câncer em cobaias de laboratório.

Embora ninguém possa negar a influência da genética nesses resultados, os pesquisadores acreditam que os fatores dietéticos desempenham um papel essencial na prevenção de doenças e no aumento da longevidade. Você notará, na pirâmide, o consumo mensal de carne vermelha e a ingestão semanal — não diária — de doces. É interessante observar também, na base do esquema, que o exercício físico é um componente cotidiano do saudável estilo de vida mediterrâneo.

Por anos a fio fomos informados de que a gordura era nossa inimiga, e os fabricantes de alimentos se empenharam em criar sobremesas poliinsaturadas. O que não entendemos completamente foi o perigo da substância que substituiu a gordura banida: açúcar! Os peritos agora garantem que açúcar em excesso não só causa cáries e obesidade, como também agrava outras condições debilitantes. Açúcar demais se transforma em gordura, promove a acidez e pode disparar um colapso geral do sistema imunológico. Alguns especialistas associam o açúcar a condições favoráveis ao surgimento de câncer. Felizmente, após uma boa refeição à italiana, a vontade de comer doces se torna mínima. Os italianos preferem uma boa fruta, que refresca o paladar, em lugar de uma pesada fatia de bolo cremoso. As sobremesas ricas são tipicamente servidas em festas e mesmo assim em porções moderadas. Além disso, os italianos não gostam de "beliscar" entre as refeições. Dificilmente você os encontra mastigando bolachas, barras de chocolate ou batatinhas fritas. Quando a refeição é nutritiva e satisfatória, desaparece o desejo de comer indiscriminadamente ao longo do dia.

Claro que alguns consomem gordura em excesso, e mesmo o azeite de oliva pode ser usado com exagero. Contudo, a filosofia italiana de não se exceder em nada aplica-se à alimentação como a todo o resto. Já que a dieta mediterrânea privilegia a comida saudável, em detrimento da contagem de calorias, torna-se rotineiro manter vigilância ao tamanho das porções e à quantidade de gordura consumida diariamente. Os peritos recomendam uma drástica redução de gorduras, em conjunto com uma crescente atividade física e o abandono do hábito de fumar, para garantir a boa saúde. Em geral, a dieta mediterrânea adota as seguintes porcentagens:

Carboidratos	55-60%
Proteínas	12-15%
Lipídios (gorduras)	25-30%

O que conta não é só o que você come, mas como come

Um colega meu voou de Florença para Nova York a fim de discutir meu estudo comparativo sobre distúrbios da imagem corporal e níveis de obesidade entre Estados Unidos e Itália. Enquanto eu explicava meus pontos de vista, o professor abriu um largo sorriso, que me intrigou.

> **Interessante!**
>
> *Giovanni LoCoco abriu o primeiro restaurante de* fast food *vegetariano da Itália em 1996, um mês após o advento da "doença da vaca louca". Bifes foram trocados por hambúrgueres de soja. Em tempo: a carne bovina nunca teve alto consumo no país.*

— Olhe em volta — ele conclamou, passando a contar o número de lanchonetes de *fast food* (comida rápida) que coalhavam a rua. — Certamente é produtivo explorar os motivos psicológicos pelos quais as pessoas daqui não gostam de seu próprio corpo — continuou. — Mas é mais prático começar pelos hábitos alimentares. Vocês estão simplesmente ingerindo gordura e açúcar demais, e tão depressa que talvez o cérebro nem consiga registrar que foi feita uma refeição!

Às vezes, uma conclusão é tão óbvia que dispensa estudos complexos e estatísticas. Em geral, os americanos pouco cozinham em casa e optam por comida pronta. Felizmente, adotar os hábitos italianos de comer torna-se gratificante e exige um esforço reduzido. Os italianos adoram alimentação simples, por isso os mais refinados pratos não demandam tanto tempo de preparo como se poderia imaginar.

O desjejum no *bel paese* é rápido. Nele não há ovos ou *bacon*, como nos Estados Unidos, apenas uma xícara de café com leite, basicamente metade de cada um, e uma fatia de pão ou um par de biscoitos levemente doces. O almoço — ou o jantar, quando servido como refeição principal — pode incluir uma pequena porção de massa, arroz ou sopa, como primeiro prato. Peixe ou frango constitui o segundo, guarnecido de legumes ou salada verde para purificar o paladar. A sobremesa costuma ser fruta fresca e, claro, a bebida é vinho. A ceia, quando não é a refeição principal, resume-se a um *panino* recheado, acompanhado de salada e alguma fruta. E como os italianos consomem essa comida ao longo do dia? *Piano piano*, muito lentamente!

> ***Interessante!***
>
> *Muitos produtos que pensamos ser americanos foram criados por italianos. A distribuidora de amendoins Planters foi fundada e dirigida pelo imigrante Amedeo Obici. A marca Chun King, de comida chinesa enlatada, foi lançada por um ítalo-americano. E o imigrante Italo Marchiony inventou a casquinha de sorvete, patenteada em 1903.*

Em 1986, o dr. Carlo Petrini lançou a Slow Food International, entidade promotora da alimentação em ritmo lento, sediada no Piemonte, norte da Itália. Ele queria preservar pratos que corriam risco de extinção por falta de interesse do consumidor. O objetivo era produzir, preparar e divulgar a tradição alimentar ameaçada desde que o primeiro McDonald's abriu as portas em Roma. Petrini estava determinado a apoiar produtores regionais, preservar os pratos locais típicos e apurar o paladar e outros sentidos. Hoje, cada participante do movimento freqüenta conferências e centros de treinamento. Outra meta essencial é ensinar as crianças a reeducar o paladar e incutir nelas o gosto pela comida nacional e os prazeres da mesa.

Em minha casa, desde criança, minhas papilas gustativas foram programadas para desfrutar alguns dos mais típicos pratos italianos. Aprendi a gostar de nhoque (bolotas feitas de batata amassada e farinha, servidas com molho de tomate ou outro); *minestrone* (sopa de legumes, podendo conter pedaços de carne); berinjela *alla Parmigiana* (berinjela ao forno, coberta com tomate e queijo); *fagioli* (macarrão preparado com feijão e aipo); polenta (à base de farinha de milho, podendo conter pedaços de salsicha ou carne moída); e espaguete *alle vongole* (espaguete ou *linguini* preparados com molho de frutos do mar).

Pode parecer que meus pais fossem *gourmets* ou grandes chefes de cozinha, mas, na realidade, eles nunca freqüentaram cursos de culinária e raramente seguiam uma receita escrita. Meu pai gostava de cozinhar tanto quanto minha mãe. Ambos abriam a geladeira, os armários, e dependendo do que encontrassem improvisavam os pratos acima mencionados em tempo recorde.

A culinária italiana, na hora das refeições, é sempre um evento inspirado. Desde a Renascença, o ato de cozinhar foi elevado à condição de arte. Hoje, cada uma das 23 regiões italianas apregoa suas especialidades, baseadas no *campanilismo* — tradição local — e nos produtos disponíveis na área. A maior diferença de estilo reside entre o norte e o sul. Quanto mais ao norte, a cozinha italiana se aproxima de pratos austríacos ou franceses. *Tortellini* recheado com abóbora pode ser encontrado em Nápoles, mas também é um prato tradicional da Emilia-Romagna. Do mesmo modo, os pratos sulistas são mais baseados em massa e tomate, ao contrários dos de arroz, como o *risotto alla milanese*, que é amarelado e temperado com açafrão. Nápoles também é a terra da pizza, preparada com um sem-número de coberturas, que vão da mussarela à anchova. A mais popular pizza napolitana é a *marinara*, coberta com tomate, alho, frutos do mar e orégano. Enquanto no Norte tendem a usar manteiga para untar a panela ou temperar os pratos de massa, no Sul a preferência é pelo azeite de oliva extravirgem. Assim, o único fator unificador nesse mosaico de miniculturas é o consumo de um bom cálice de vinho. Além de usá-lo para refinar o paladar ou receber amigos em casa, os italianos vêem a ingestão moderada de vinho como uma tradição natural e saudável que "reforça o sangue". Até mesmo as crianças são autorizadas a provar um gole, sobretudo quando o vinho é misturado a água e pedaços de fruta para formar o ponche. Com freqüência, é bebido vinho caseiro, realmente feito em casa, pois quase todos os italianos sabem como produzi-lo e estocá-lo até a vindima seguinte ou próxima colheita de uvas. No interior, quem cultiva as próprias parreiras transforma a colheita manual numa festa entre amigos e parentes. Nas pausas do trabalho, todos comem pão e queijo e bebem vinho do ano anterior, antes de voltar à cuidadosa coleta dos cachos. Quando as uvas são esmagadas, os níveis de álcool e açúcar são medidos para determinar a qualidade do vinho produzido, e esse detalhe influi no preço de mercado, se parte da produção se destinar à venda. É curioso que o vinho italiano não seja muito rico em teor alcoólico, e que o vício do alcoolismo se revele raro na Itália. Na verdade, os italianos condenam a embriaguez, que age contra *la bella figura*, a boa aparência que todos fazem questão de exibir. Para completar, a vindima é a feliz

> ***Interessante!***
>
> *Alguns dos mais conhecidos vinhos italianos são:*
>
> ***Asti Spumante***
> *Vinho borbulhante do Piemonte, região norte.*
>
> ***Chianti***
> *Vinho tinto encorpado, da Toscana.*
>
> ***Lambrusco***
> *Branco ou tinto, pouco borbulhante, da Emilia-Romagna.*
>
> ***Marsala***
> *Mais licoroso, feito na Sicília.*

época do ano em que a família e os amigos podem se reunir no campo, desfrutar ricos aromas e partilhar boa companhia.

Fazer vinho, tal como cozinhar, é mais um meio social de nutrir corpo e alma. Os italianos não são a favor do isolamento. Acreditam que o prazer é ampliado quando dividido com outros.

Meu tio Beppe, nascido e criado em Nápoles, viveu até quase 100 anos. Todas as suas faculdades mentais e condições físicas estavam intactas, até perto do fim. Não se passava um dia sem que ele fosse solicitado a contar os segredos da velhice saudável. Resposta: "Um ou dois copos de vinho por dia, azeite no lugar de manteiga, bastante trabalho e atividade física e um pouco de tempo para descansar". Sem dúvida, funcionou para ele!

Faça da hora da refeição uma experiência social

— *Dai*, Mina, você fez comida demais! — minha amiga Tina estava se referindo ao antepasto, um prato de entrada normalmente reservado a datas festivas e feriados.

— Ufa! — Mina exclamou com um aceno de mão. — Não reclame, hoje é dia de festa.

Tina e o marido Mário tinham sido convidados à casa dos Panico em Salerno, para um tradicional jantar de domingo. O ar estava repleto de música e do aroma de molho fresco. Os meninos Enrico e Marcello trouxeram mais duas cadeiras para junto da mesa, para os convidados especiais, e todos os olhos se arregalaram quando a mãe deles apresentou uma bandeja com presunto de Parma, cortado em fatias finas, enroladas em grandes gomos de laranja.

— Humm, que gostoso! — exclamou Marcelo, de 10 anos, estalando dois dedos perto da boca, num gesto significativo.

— *Mangia, mangia che ti fa' bene* — Mina respondeu, orgulhosa, repetindo o conhecido bordão das *mammas* italianas: "Come, come que te faz bem".

Assim começaram as festividades à mesa, numa simples tarde de domingo, na terra em que o ato de partir o pão pode ser tudo, menos comum. De fato, a refeição costuma ser considerada um daqueles triunfos diários que fazem da vida na Itália uma sucessão de pequenos festejos. Os jantares dominicais são um pouco mais formais, mas não muito. Habitualmente, parentes, avós ou amigos da família são convidados, e alguns pratos especiais (destinados a causar uma ponta de inveja) acabam sendo servidos.

Não importa o que aconteça durante o dia, uma saudável combinação de uma refeição mediterrânea com familiares próximos ou amigos pode curar quase tudo o que esteja eventualmente perturbando uma pessoa. Como disse Mina para mim:

— Se você chegar à mesa abatida, o ambiente irá deixá-la sentindo-se no topo do mundo. Seu corpo estará mais forte, seu espírito mais elevado.

Na Itália, a rotina completa da hora da refeição, desde o preparo dos pratos até limpar a pia, constitui um microcosmo da vida. Os italianos gostam de se sentar à mesa por horas, especialmente nos feriados, apreciando cada prato não só pelo sabor, mas acima de tudo pela companhia. Os conselhos dos pais aos filhos, de certo modo, também se tornam mais palatáveis em torno da mesa. Equivale a dizer que a refeição, no caso, é terapêutica. A atitude em relação ao abalo emocional resume-se na frase: "Quem melhor para colocar você no prumo do que sua família amorosa e os amigos íntimos?" Não existe nada que não possa ser discutido à mesa. Todas as opiniões, sentimentos e fatos são mais do que bem-vindos: são esperados. A mesa de refeições se torna uma espécie de altar no qual vamos nos curar, celebrar a vida e regozijar-nos com as bênçãos recebidas.

Certo dia, eu lia algo sobre uma velha arte curativa oriental, que envolvia sons terapêuticos. Para aqueles que se dedicam a comparações entre culturas diferentes, é comum procurar conceitos universais, aceitos como verdade pela maioria dos povos, e ainda buscar comportamentos que parecem confinados a uma civilização em particular. Comecei a pensar que usar o som como terapia talvez seja um instinto que não tem limites culturais, parecendo entrar na categoria de conceito universal.

> **Interessante!**
>
> *Uma pesquisa recente publicada no* virtualitalia.com *mostrou que mais americanos vão à Itália pela comida do que pelos pontos históricos. Quase 21% dos entrevistados disseram achar relaxante estar no campo, saboreando os pratos típicos.*

Nos Estados Unidos, a venda de fitas gravadas com som de cascatas foi surpreendente. É grande também o número de pessoas que ligam o rádio do carro, para ouvir música suave, a caminho do trabalho ou na volta para casa. Se estamos irritados, um *rock* agitado ajuda a superar as frustrações. Se estamos tristes, uma balada romântica parece lamentar a vida em sintonia conosco, e então nos sentimos melhor. Os meditativos usam o som da própria respiração para focalizar seu íntimo. A repetição do ruído leva a pessoa ao estado de meditação, assim como o cântico. Mas a conversa ao vivo pode, do mesmo modo, encher a alma de alegria. Por isso, para os italianos, o som de vozes em volta da mesa tem efeito terapêutico.

Embora o ouvinte desacostumado possa interpretá-la como um clamor caótico, a conversa à mesa é, antes de tudo, uma feliz mistura de estímulos vindos de uma platéia que está ao seu dispor, e por isso você a ama, em meio ao tilintar da louça e dos talheres. O elemento vocal humano acrescenta riqueza a essa mistura. Animadas vozes adultas competem com os gritos da criançada, para quem o jantar parece muito demorado. Uma ária de ópera, vinda do rádio ligado na cozinha, completa o ambiente. Alguém deveria gravar um CD com sons da cozinha e da mesa de jantar italianas. Eles nos aquecem desde a pele até a alma. A hora da refeição, na Itália, vale por um caleidoscópio de sensações, onde olhares, cheiros, sons e texturas se unem para fortalecer a auto-imagem de uma pessoa.

Para muitos italianos, o almoço constitui a refeição principal do dia, especialmente nas regiões onde os lojistas fecham as portas e vão para casa, a fim de comer e tirar uma soneca. Para outros, a mesa do jantar é o único ponto de encontro familiar, e por isso se torna mais importante.

Interessante!

Em 1554, o navegador Hernán Cortez trouxe do México para a Europa um fruto amarelado, esférico e carnudo que os italianos chamaram de pomo d'oro *(maçã dourada). No curso de dois séculos, graças ao solo fértil da Itália, as sementes resultaram em frutos maiores, mais doces e suculentos do que os originais.*

Hoje, o tomate, ou pomodoro, *é um ingrediente-chave nos pratos nacionais. Pode ser consumido em saladas, recheado, cortado e alternado com pedaços de mussarela para formar uma boa entrada. Amassado e temperado, também serve de molho tradicional para massas.*

De qualquer modo, a refeição principal proporciona um período de tempo em que os membros da família cessam tudo o que vinham fazendo, para confraternizar, conversar sobre os assuntos do dia, discutir política, rir das próprias tolices ou trocar informações sobre as últimas novidades ou boatos. Como o ambiente é íntimo e pessoal, as crianças não trazem amigos nem comem em casa alheia, no horário da refeição principal. Às vezes surgem convidados, mas apenas em ocasiões festivas.

Comece com ingredientes básicos e receitas simples

Agora que você já tem idéia do significado da convivência italiana à mesa — boa comida e boa conversa —, deve estar pronto para fazer mudanças sutis em seus cardápios, a fim de incluir itens nutritivos da culinária italiana. Caso deseje manter à mão ingredientes da dieta mediterrânea, sua despensa e sua geladeira precisam conter alguns produtos essenciais:

- Massas secas, de vários formatos e tamanhos.
- Pão italiano redondo.
- Alho.
- Salsinha.
- Azeite de oliva extravirgem.
- Tomates frescos ou enlatados (sem pele).
- Queijo mussarela.
- Manjericão fresco (quando possível).
- Orégano.
- Vagens, feijões e ervilhas.
- Queijo parmesão.
- Frutas e legumes frescos.
- Peixe fresco.

Depois de estocar alguns suprimentos em casa, é hora de experimentar receitas simples e básicas. As mulheres da minha família eram bastante curiosas quanto a dicas de culinária, que adoravam trocar entre si. Passar receitas de mãe para filha constituía a única maneira de manter a tradição na cozinha, e as meninas tinham a oportunidade de ver e analisar cada ingrediente e o processo de preparo até dominá-lo. Geralmente, as receitas não eram escritas, mas apenas confiadas à memória. Obter uma nova receita de um parente ou um *paesano*, vizinho de casa, era um acontecimento. Podia levar anos até se conseguir um exemplar palatável do prato original. Cada mulher, em nosso círculo, mostrava-se orgulhosa de suas especialidades e sempre se dispunha a substituir um ingrediente ou corrigir a quantidade de outro, que considerasse errada. Claro que *i furbi*, os "macetes", eram descobertos quando a receita entrava em preparo e a torta de ricota ficava sem o gosto original daquela da tia Anita, ou o molho *marinara* saía diferente do de tio Nicola. Assim, ao longo dos anos, inúmeras variações iam sendo testadas e, muitas vezes, a receita original era deduzida pelo método da tentativa e erro.

> **Interessante!**
>
> Sagre *é a denominação dos festivais regionais de alimentos que ocorrem na Itália, no verão, e que se concentram principalmente em produtos frescos, como a Feira da Berinjela (Corigliano, 14 de agosto) e a Feira da Amora e da Framboesa (Trasaghis-Udine, mês de agosto). Dois milhões de italianos participam desses festivais de agosto, a maioria dos quais ocorre no Sul.*

Algumas das mais caras lembranças que guardo de minha mãe, Rachele, estão ligadas ao amor que ela dedicava a seus pratos. Adorava cozinhar e assar bolos, e exibia tamanho orgulho do resultado final que prendia o fôlego na expectativa de ver nossos rostos deliciados à primeira mordida ou garfada. Ao longo de sua vida, a *mamma* colecionou receitas suficientes para encher uma enciclopédia, e fico feliz por tê-las herdado. Todas ainda são manuscritas, passadas adiante pela mãe de minha mãe, por tias e *paesani*. Todas foram experimentadas na *tavola* dos D'Agostino e algumas "evoluíram" da versão original para combinar melhor com as preferências da família, mas eu passarei a totalidade delas para as gerações futuras. É preciso lembrar que comer representa uma celebração a ser partilhada, portanto reúna seus entes queridos e *mangia*! Você merece aproveitar sua vida sem pressa, com boa comida e bons amigos.

RECEITAS

ESPAGUETE COM ALMÔNDEGAS DA MAMMA

Ótimo prato de inverno, porque é substancioso e pode ser feito com tomates enlatados, sem prejuízo do sabor.

½ kg de carne moída
1 ovo
1 dente de alho amassado
5 ou 6 ramos de salsinha bem picados
sal e pimenta a gosto
½ xícara (chá) de queijo ralado
1 xícara (chá) de miolo de pão italiano

Misture todos os ingredientes numa panela grande e forme bolinhos com cerca de 5 cm de diâmetro. Numa frigideira, frite os bolinhos de carne em azeite de oliva aquecido, depois retire-os e seque-os em papel-toalha. Coloque-os dentro do molho de tomate quando este começar a ferver (receita a seguir) e deixe cozinhar por mais 30 minutos. Sirva com espaguete *al dente*.

MOLHO DE TOMATE

3 colheres (sopa) de azeite de oliva extravirgem
3 ou 4 dentes de alho picados
2 kg de tomate sem pele nem sementes, em lata, ou ½ kg de tomate fresco
um punhado de manjericão fresco ou 3 colheres (sopa) de manjericão seco
2 ou 3 ramos de salsinha picados
¼ de xícara (chá) de vinho tinto ou branco
sal e pimenta a gosto

Aqueça o azeite numa panela grande, adicione o alho e deixe dourar levemente. Acrescente o tomate, o manjericão, a salsinha, o vinho, sal e pimenta. Deixe ferver em fogo brando por meia hora. Junte as almôndegas (receita anterior) e deixe ferver por mais meia hora. Retire as almôndegas para que sejam servidas à parte e espalhe o molho sobre ½ kg de espaguete cozido *al dente* (macio, mas não mole).

PESTO DA MAMÃE

O verão é a melhor época para apreciar os produtos da horta, na qual muitos italianos cultivam o básico: tomate, manjericão, salsinha, hortelã. Este é um prato delicioso, que dispensa cozimento.

2 tomates maduros grandes
2 ou 3 punhados de folhas de manjericão
5 ou 6 dentes de alho
sal e pimenta a gosto
½ xícara (chá) de azeite de oliva extravirgem
2 colheres (sopa) de amêndoa ou castanha (opcional)
queijo parmesão para guarnecer

Bata todos os ingredientes, exceto o queijo, no liquidificador até obter a consistência de purê. Derrame sobre espaguete fresco e quente, ou outra massa cozida *al dente*. Espalhe por cima queijo parmesão ralado.

BISCOITOS DA MAMMA

Biscoitos e anginettes *são duas sobremesas italianas levemente doces, que encerram em grande estilo uma refeição. Aqui vai uma das receitas recolhidas da coleção de minha mãe. Note que assar biscoitos é uma das raras ocasiões em que se utiliza manteiga na culinária do sul da Itália, embora você possa substituí-la por azeite de oliva, se preferir.*

1½ tablete de manteiga
3 ovos
1¼ xícara (chá) de açúcar
1 colher (sopa) de essência de baunilha
1 colher (sopa) de essência de amêndoa
3 xícaras (chá) de farinha de trigo
3 colheres (chá) de fermento em pó
1 xícara (chá) de noz moída

Bata a manteiga com o açúcar até obter uma consistência cremosa. Acrescente os ovos e as essências. Bata bem. Em outra vasilha, misture os ingredientes secos, depois adicione a pasta de manteiga e açúcar, misturando bem. Coloque em três fôrmas retangulares e cubra com papel-manteiga. Leve ao forno quente por cerca de 25 minutos, ou até que a massa fique dourada. Depois que esfriar um pouco, você pode recobrir os biscoitos (receita a seguir) e cortá-los no formato que desejar. Leve ao forno por mais 5 minutos para secar a cobertura, e você terá um maravilhoso complemento para o lanche da tarde, podendo, inclusive, mergulhar os biscoitos no café com leite!

COBERTURA PARA BISCOITOS

½ xícara (chá) de açúcar de confeiteiro
1 colher (chá) de essência de amêndoa
3 colheres (sopa) de leite

Misture os ingredientes e espalhe sobre a massa de biscoitos, ainda nas fôrmas.

ANGINETTES DA RACHELE

2 tabletes de manteiga
½ xícara (chá) de açúcar
2 ovos
1 colher (chá) de essência de baunilha
½ xícara de suco de laranja fresco
3 colheres (chá) de fermento em pó
½ colher (chá) de bicarbonato de sódio
3 xícaras (chá) de farinha de trigo

Bata o açúcar com a manteiga até o ponto de creme, adicione os ovos, o suco de laranja e a baunilha. Em outro recipiente, misture os ingredientes secos, acrescente a pasta de manteiga com açúcar e bata bem. Despeje às colheradas em uma fôrma levemente untada e deixe assar em forno quente por 10 a 12 minutos. Deixe esfriar e use a receita abaixo para gelar as *anginettes*.

CREME PARA ANGINETTES (para gelar)

½ tablete de manteiga amolecida
750 g de açúcar de confeiteiro
2 colheres (sopa) de suco de laranja
2 ou 3 colheres (sopa) de leite (o suficiente para dar consistência cremosa)

Misture todos os ingredientes até obter uma consistência cremosa. Espalhe sobre as *anginettes* frias.

Capítulo Cinco

A Riqueza que Vai Além do Dinheiro

Quanta energia os americanos dedicam à acumulação e ao gerenciamento do dinheiro! As horas gastas pensando nele, em como obtê-lo, administrá-lo, investi-lo, dividi-lo ou não, consumi-lo! Os romanos, ao contrário, aplicam sua energia em outras coisas: boa aparência, comer bem, amar bem e passar algum tempo com suas famílias.

— ALAN EPSTEIN, *AS THE ROMANS DO*

A sociedade italiana é alicerçada numa cultura antiga que continuamente corrige a si mesma no curso de sua evolução. Uma observação atenta aos rumos da Itália nos fornece pistas importantes para avaliar o que funciona ou não. Os elementos que embasam a *dolce vita* permaneceram invariáveis ao longo de séculos. E um desses elementos consiste na perspectiva italiana sobre a riqueza material. Desde cedo, aprendi o conceito dos italianos sobre dinheiro, trabalho e o que realmente significa ser rico do ponto de vista italiano. Minha família me ensinou seis lições a respeito da fortuna financeira e pessoal:

1. O trabalho é um privilégio, portanto trabalhe com dedicação e realize bem suas tarefas.

2. O que você poupa é mais importante do que aquilo que ganha.
3. Compartilhe sua bem-aventurança com aqueles que precisam: primeiro a família, depois os outros.
4. Respeite e cuide das coisas que tem, e não desperdice.
5. Não se preocupe com o que seu vizinho possui.
6. Pense na riqueza como algo mais do que dinheiro.

O trabalho é um privilégio, portanto trabalhe com dedicação e realize bem suas tarefas

Meu avô Domenico costumava dizer que era o homem mais rico do planeta.

— Tenho três milhões de dólares — apregoava. — Rachele, Saverio e Rosário. — Seus três filhos.

Meu pai chegou à América no começo do século 20, com pouco mais de uma lira no bolso. Seu objetivo era sobreviver à devastadora pobreza da terra natal e ter condições de mandar dinheiro para sua mãe e outros parentes que haviam ficado na Europa. Ele fez isso e muito mais. Nos Estados Unidos, tornou-se um cidadão modelo. Grato à nova terra, trabalhou dia e noite para aprender uma profissão e ganhar o suficiente para sustentar a família, a próxima e a distante. Aprendeu o ofício com um velho sapateiro e por fim comprou sua própria loja de sapatos, à qual se dedicou pelo resto da vida.

Alguns acreditavam que meu avô havia nascido para ser sapateiro, ou que contasse com um talento natural, ou que tivesse descoberto sua vocação. Nada mais distante da verdade. Ele simplesmente depositava confiança no trabalho como um privilégio e em tudo o que a vida lhe proporcionava. Fazia sempre o melhor possível. Em outra época e em outras circunstâncias, meu avô teria se tornado cantor. Cantava a toda hora, onde quer que estivesse, gostava de participar de festas entoando árias. Domenico definitivamente acreditava que o trabalho honesto merece ser respeitado e que, quando uma pessoa dá o melhor de si, a recompensa chega. Talvez não seja fácil no começo, pois é preciso treinar o pensamento nessa direção, mas vale a pena experimentar.

Vamos encarar os fatos. A maioria das pessoas não trabalha no que gosta nem tem o emprego com que sonha. Muitas até gostam do que fazem, mas também há muitas que detestam seu trabalho. Entretanto, ver o trabalho sob uma luz positiva promove sentimentos de satisfação e felicidade, independentemente do tipo de serviço a que nos dedicamos. Meu amigo Marco, por exemplo, mora em Nápoles e é apaixonado pela arte que faz, da qual fala o tempo todo. Sua especialidade é misturar imagens obtidas em computador com a pintura convencional em óleo sobre tela. Todo fim de semana ele é requisitado para fazer palestras e demonstrações em alguma parte da Itália. Detalhe: embora seja aplicado como artista, Marco também é conhecido como um competente médico pediatra! Quem o ouve falar percebe que as duas ocupações dão vida a cada célula de seu ser. Isso não significa que ele privilegie a arte em detrimento da medicina. Ao contrário, dedica-se aos pacientes e mantém-se atualizado quanto às pesquisas científicas. Vê-lo trabalhar levaria a pensar que, tal como meu avô, Marco tivesse nascido predestinado a ser médico. Mas ao contrário, ele teve de escolher uma profissão que garantisse o próprio sustento e de sua família.

Mesmo que você não tenha o emprego ideal, é possível sentir-se melhor com aquilo que faz. A visão do trabalho dentro da *dolce vita*, adotada por Domenico e Marco, os capacitaram a:

- Enfatizar as vantagens do trabalho.
- Minimizar os aspectos negativos.
- Envolver-se com as atividades de que realmente gostam, além do trabalho regular.

Enfatizar as vantagens do trabalho

Meu avô sempre proclamava quanto gostava do ofício de sapateiro. Não conhecia nada sobre sapatos quando chegou aos Estados Unidos. Na verdade, houve uma época em que ele nem mesmo tinha um par de sapatos seu. Seu provérbio preferido, sempre repetido diante de quem se queixava de alguma coisa, era: "Eu lamentava não ter sapatos até ver alguém que não tinha pés". Isso dá uma idéia de como Domenico encarava seu trabalho. Ele buscava todos os pontos positivos que nele pudesse encontrar, ciente de que muitas pessoas amargavam o desemprego. Fabricar e vender calçados proporcionou a Domenico um meio de sobrevivência e até a possibilidade de fornecer sapatos a quem normalmente não poderia comprá-los. Encontrava um modo de manter os preços baixos e ao mesmo tempo de ganhar a vida.

Ser dono de uma sapataria assegurou a meu avô uma maneira de ajudar sua comunidade e de agradecer por viver e trabalhar nos Estados Unidos. Segundo ele, essa era uma vantagem real. Ele sempre verificava se todas as crianças da vizinhança estavam calçadas e com freqüência comprava chinelos em liquidações para doá-los às mães que tinham filhos andando descalços na rua. Os clientes adoravam Domenico, que se tornou uma espécie de herói do bairro.

O exemplo de meu avô, além de mostrar que todas as atividades têm seus benefícios, contém um outro ensinamento: ele mergulhava no serviço, envolvia-se intensamente no trabalho, todos os minutos do dia. Sentado na banqueta de sapateiro, trocava solas e saltos, levando em conta a personalidade do dono. Como toque final, polia os sapatos até que brilhassem, sem cobrar nenhum adicional por isso. O pesquisador Mihaly Csikszentmihaly chamou de "torrente" o processo de engajar-se alegremente numa atividade. Vovô nunca espichou os olhos para o relógio enquanto trabalhava. Qualquer tarefa, mesmo tão simples como pregar um salto, colar uma sola ou passar um cadarço, tornava-se para ele uma fonte de satisfação. Ele gostava de perder-se na torrente do trabalho, com um tácito engajamento. A opinião dele era de que, fosse a pessoa um pintor, um médico, um coletor de lixo ou um sapateiro, a única coisa realmente lamentável era desperdiçar tempo não se dedicando de corpo e alma à atividade. Quando a pessoa se absorve nos detalhes de seu trabalho, o tempo passa depressa e de maneira prazerosa.

Aqui vai uma sugestão: faça uma lista de todas as vantagens de seu emprego atual. Relacione primeiro os benefícios óbvios e diretos — salário, férias remuneradas etc. —, mas não omita os indiretos, tal como o prazer de se encontrar com os colegas e ser cumprimentado por eles. Amanhã, no local de trabalho, dê atenção à dinâmica de cada tarefa que cumpre. Concentre sua mente nos compromissos e procure sempre aprimorar seu desempenho. Por exemplo, imagine novas maneiras de descrever o próximo carro que quiser vender, ou tente descobrir novas funções no computador em que digita seus relatórios. Você descobrirá que o esforço para aprimorar-se traz maior satisfação e felicidade.

Minimizar os aspectos negativos

Sempre haverá aspectos, seja qual for o seu ramo de atividade, que serão tediosos, estressantes ou desagradáveis, ainda que, de maneira geral, você goste daquilo que faz. O problema é que, se você se fixar nos aspectos negativos, estes assumirão uma importância desproporcional, como se adquirissem vida própria, podendo até sufocar os aspectos positivos. De tempo em tempo, todos nós temos de lidar com um colega desleal, um chefe rabugento, uma reunião em que não conseguimos opinar. Todos conhecemos a sensação de tratar bem um cliente pelo telefone e ele encerrar a conversa desligando em nosso ouvido. Alguns sabem como é sentir-se preterido num aumento de salário ou promoção de cargo, e somente ser informado de que o orçamento impede novos gastos no futuro próximo. O que fazer para reduzir o poder dessas negatividades? É possível encontrar uma evidência de que a situação não é tão ruim quanto parece? Claro que sim, e você ainda pode transformar o aspecto negativo em positivo. Por exemplo:

Defina o aspecto negativo: "Parece que não terei aumento este ano".

Confronte a realidade: "Só porque não tive aumento este ano, não significa que não terei no próximo. Não faz sentido pensar assim".

Torne positivo o que é negativo: "Este ano vou me concentrar em obter mérito e credibilidade para merecer um aumento. Vou acentuar os aspectos positivos de meu trabalho. Em vez de criar expectativas sobre uma avaliação futura, desfrutarei a rotina de minha atividade, dia após dia, e tentarei melhorar em tudo o que fizer".

Envolver-se com objetivos pessoais

Enquanto vovô Domenico se dedicava a uma atividade decente para ganhar a vida, sua família e seu dom de cantor permaneciam no coração, e ele achava tempo para os dois, apesar das longas horas dedicadas ao trabalho.

Existe um sábio conselho que diz que, se uma pessoa deseja muito alguma coisa e se for persistente e perseguir esse sonho, acabará por realizá-lo e fazer dele seu meio de vida. Pode ser verdadeiro ou não, mas a realidade é que, para a maioria das pessoas, é impossível esperar até conseguir ganhar dinheiro escrevendo, pintando ou desenvolvendo um novo estilo de meditação oriental — especialmente se houver uma família para sustentar! Isso não significa, porém, que tenhamos de abandonar nossos sonhos. Certa vez conheci uma moça cujo maior desejo era ser pianista. Chamava-se Grace e passou vários anos tentando conciliar sonho e atividade profissional, mas por fim deu-se conta de que jamais seria uma concertista e que os empregos nessa área eram raros e indisponíveis. Encarar esse fato foi tão doloroso que ela desistiu do piano para estudar arquitetura, sua segunda paixão. A carreira de arquiteta deu muito certo. Grace sentia um grande vazio em sua vida e também frustração, acreditando que "se não podia fazer aquilo com que sonhava, nada mais valia a pena". Desse modo, estava apenas negando uma parte importante de seu ser. Ao perceber o que acontecia, ela reservou uma parte de seu tempo para retomar as aulas de piano, a fim de concretizar seu grande desejo pessoal. Hoje, ela não só adquiriu prestígio como arquiteta, como também toda a sua vida em geral tomou uma dimensão mais plena e satisfatória.

O que você poupa é mais importante do que aquilo que ganha

Especialistas em finanças confirmam o que meus avós me ensinaram: o valor da renda mensal é menos importante do que a maneira como você administra essa receita. Muitas pessoas enriquecem não porque ganharam montanhas de dinheiro, mas porque souberam economizar.

Os italianos são, até hoje, gastadores moderados, como se vivessem no tempo de meus avós. Os salários no país são menores do que nos Estados Unidos, embora o custo de vida seja relativamente igual. Mas os italianos estão entre os maiores poupadores da Europa, com uma taxa em torno de 20% de seus rendimentos. Isso não significa que sejam sovinas, mas que são menos consumistas e estabelecem prioridades. Em geral, os italianos não acumulam bens em excesso, porém zelam por aquilo que possuem para que dure.

Como eles resistem à tentação de consumo dos dias de hoje, que leva as pessoas a gastar mais do que ganham? Pelo princípio de *non esagerare*, ou seja, não se exceder! Eles reprimem qualquer exagero quando se trata de gastar, estocar produtos ou fazer qualquer coisa em demasia. Com exceção das necessidades básicas, provavelmente existem vários artigos supérfluos que poderíamos eliminar de nossa vida sem sentir falta deles. Talvez possamos nos contentar com dois pares de sapatos sociais e resistir ao terceiro. Em lugar de jantar fora duas vezes por semana, é possível cortar uma noitada. Talvez seja melhor levar um par de tênis para consertar do que jogá-lo fora prematuramente. Os italianos combatem a idéia de se tornar uma sociedade de descartáveis. O dinheiro economizado em pequenos hábitos se transforma em investimentos que rendem juros.

O psicólogo David Myers salienta que há pouca correlação entre ser abastado e o bem-estar. De um certo ponto em diante, ter muito dinheiro não garante maior felicidade. O filósofo estóico romano Sêneca, que era muito altruísta quanto à própria fortuna, acreditava que tudo o que ultrapassa o essencial constitui excesso. Há um ponto limite para a recompensa quando se trata de bens materiais, e os italianos sabem disso. Seu conceito de riqueza inclui gastos moderados, mais qualidade do que quantidade, poupança equivalente à despesa e uma visão holística da abundância, que inclui ter tempo para desfrutar outros prazeres da vida.

É interessante que os analistas, hoje em dia, não estejam mais apregoando a necessidade de alta qualificação acadêmica ou de conseguir freqüentes promoções para alcançar uma situação financeira ideal. Depois de um certo ponto, a formação universitária pode não compensar, caso deixe dívidas para o futuro e represente a perda de oportunidades no mercado de trabalho. De minha herança italiana, restaram dois poderosos segredos financeiros:

1. Assumir o compromisso pessoal de reservar um valor mensal para a poupança; e
2. Concentrar-se em aproveitar o que se possui.

Quanto ao primeiro item, pense em atividades que o satisfaçam sem necessariamente esvaziar sua carteira. Você gosta de tomar café com amigos numa livraria? Que tal sair mais cedo do trabalho, numa determinada tarde, e passear no parque? Em vez de planejar férias dispendiosas, por que não levar a família a atrações ou pontos turísticos próximos, que ainda não teve tempo de conhecer?

E além de adotar a filosofia de vida de aproveitar aquilo que você já possui, decida quanto deseja reservar todo mês para a poupança. Escreva o valor num papel que fique visível e mantenha-se firme no propósito de poupar aquele dinheiro. É possível que, neste momento, você ache difícil reservar uma quantia para economizar. Se for esse o caso, não se desespere. Simplesmente pense nos gastos extras que pode eliminar e aplique esse dinheiro no banco. Mantenha um pote ou cofrinho para guardar as moedas economizadas naquela segunda barra de chocolate. Sua saúde, bem como sua paz de espírito, irão se beneficiar com essa pequena renúncia, e logo você verá sua poupança crescer!

Matteo Pennachi é um exemplo de como alguém pode sentir-se rico sem ter muito dinheiro. Esse romano entrou para o livro de recordes *Guinness* por viajar ao redor do mundo sem uma lira no bolso. Ele cruzou dois oceanos, uma dúzia de países e dois continentes, confiando na generosidade das pessoas para sobreviver. Proclamava que queria atingir seu objetivo pelo que era, não pelo dinheiro que pudesse ter. Claro, nunca viajou em primeira classe, mas retirou imensa alegria ao conhecer novas terras, outros povos, e enriquecer a alma sem dependência das posses materiais.

Compartilhe sua bem-aventurança com aqueles que precisam: primeiro a família, depois os outros

Minha família italiana sempre acreditou que, independentemente do muito ou pouco que se tenha, dividir é uma das maneiras de sentir-se rico. A generosidade deve ser regra, não exceção. Muitos anos atrás, viajei para uma pequena cidade rural nos arredores de Benevento, virtualmente no meio do nada, a fim de visitar parentes distantes. Era de fato um fim de mundo, e apesar da generosidade de minha avó, que enviava regularmente um montante de dinheiro para esses familiares, eles viviam com poucas das facilidades modernas e suas posses materiais eram bem reduzidas. A vida dessas pessoas consistia em trabalhar arduamente, da madrugada ao anoitecer. Durante minha estada, ofereceram seu melhor vinho, fizeram bolos caseiros e me destinaram o lugar de honra à mesa. O que tinham — ou não tinham — de modo algum constituía um obstáculo. Deram-me uma boa cama, um banheiro limpo e, sobretudo, seu incondicional amor e aceitação, que nenhum dinheiro do mundo pode pagar. Embora ficasse claro que meus primos eram pobres, senti-me entre as pessoas mais ricas do planeta. Quando voltei do campo para a cidade grande, tinha uma compreensão mais abrangente do que significa a verdadeira riqueza.

Todos nós passamos por períodos de egocentrismo, de vez em quando. É quando nos esquecemos de como é bom partilhar com os outros aquilo que somos e temos. A autêntica generosidade significa mais do que dividir dinheiro. Inclui repartir interesses, capacidade de escutar confidências, disposição de servir de babá para as crianças de um casal amigo. São tipos de riqueza que podemos partilhar infinitamente. Experimente fazer uma lista das qualidades que você tem a oferecer aos outros e entenderá o que quero dizer. O comportamento altruísta é comum na Itália. O trabalho voluntário, nas igrejas e escolas, é uma das maneiras pelas quais os italianos em geral demonstram sua riqueza. Vale a pena conferir como é gratificante doar um pouco de seu tempo, visitando doentes em um hospital público ou ajudando jovens estudantes da comunidade com aulas de reforço para a recuperação escolar.

Respeite e cuide das coisas que tem, e não desperdice

Na casa de minha avó Ângela, nada era desperdiçado. Ela abominava extravagâncias e não adquiria produtos como símbolo de *status*. Se algum aparelho doméstico ainda funcionava, era impensável trocá-lo por um modelo mais novo. À mesa de refeições, quando algum guardanapo de papel ficava intato, era dobrado e guardado para a próxima ocasião. Se vovó conseguisse enxugar a pia com meia folha de toalha de papel, guardava a outra metade numa gaveta para uso posterior. Moedas de baixo valor tinham um lugar de honra na gaveta. Dinheiro sempre era dinheiro, não importando o nível salarial da família. Assim, toda quantia possível era poupada para dias mais tempestuosos.

Interessante!

Evitar excessos promove a saúde psicológica. Mihaly Csikszentmihaly afirma que as boas coisas da vida — comida, sexo, lazer — trazem felicidade na dose ideal, mas o efeito não é acumulativo: há um certo ponto além do qual a recompensa se torna menor.

A *nonna* Ângela me ensinou que comprar coisas demais era como jogar dinheiro no lixo. "Entulhar sua casa de coisas apenas congestiona sua mente", dizia ela. Causa confusão e desorganização. Muitas vezes compramos um segundo exemplar de algo que já temos porque nos esquecemos de que tal coisa está espremida no fundo de uma prateleira!

Certa vez ajudei uma amiga a limpar sua cozinha. Nos armários, contei treze potes para biscoitos. Treze! Alguns sem tampa, outros ainda intocados, mas todos enfiados dentro de um móvel e esquecidos. Os recipientes mais novos conservavam a etiqueta de preço: quase três dólares. Multiplique isso por treze e terá uma idéia de quanto aquela amiga poderia ter economizado.

Não se preocupe com o que seu vizinho possui

Meus avós viviam humildemente. Casa modesta, carro modesto, mobília modesta. Mas, em troca, sentiam-se tranqüilos sabendo que tinham no banco dinheiro suficiente para os dias difíceis, por tê-lo ganhado com honestidade e por não deverem um centavo. Faziam questão de ignorar o que os amigos e vizinhos possuíam, no campo material. Naquele tempo, não havia tentações como o cartão de crédito ou os ditames da moda, mas mesmo que houvesse sei que ninguém em minha família daria atenção a isso. Ainda hoje, os italianos preferem pagar à vista e, quando usam o cartão de crédito, liquidam a fatura mensalmente para não jogar dinheiro fora com juros.

Todos nós podemos nos beneficiar comprando um pouco menos do que o habitual. É próprio da natureza humana cobiçar um automóvel de luxo ou uma bela roupa de marca. Por vezes, sentimo-nos inferiorizados se não possuímos essas coisas e nosso vizinho, sim. Vale lembrar, porém, que viver sem dívidas e dirigir um carro velho pode nos trazer mais paz de espírito do que pensar em como pagar a próxima prestação de um BMW! Não é difícil perceber que desejar o que não podemos ter, ou não precisamos, só acarreta infelicidade.

A atitude mental é o que determina o comportamento. Felizmente, temos o dom de criar atitudes que proporcionam bem-estar. No entanto, esses comportamentos não caem do céu. Os sentimentos são uma reação ao nosso pensamento racional e à percepção que temos do mundo. Conforme o exemplo anterior, podemos valorizar os aspectos positivos de possuir um carro mais velho: ficar livres de dívidas e gastar menos com peças de reposição, em vez de nos sentir infelizes por não dirigir um automóvel de luxo. Qual das duas perspectivas faz alguém se sentir melhor? A resposta é óbvia!

Meus avós acreditavam que a inveja traz má sorte. Em lugar de gastar energia queixando-se sobre o que não tinham, ensinavam-nos a valorizar o que de fato possuíamos. Essa técnica funciona se você quiser viver feliz e em paz! Basta um pequeno esforço para treinar o olhar e ver um copo meio cheio onde à primeira vista poderia parecer haver um meio vazio. Como fazer isso? Dando a nós mesmos um bom argumento sempre que nos sen-

> ***Interessante!***
>
> O **pisolino (siesta)** *é um dos mais valiosos costumes italianos. Vem do antigo hábito romano de se resguardar na sexta hora do dia (meio-dia), porque um mito dizia que espíritos maus andavam à solta pelas ruas nesse horário.*

tirmos pessimistas ou invejosos daquilo que os outros têm. É recomendável escrever os sentimentos negativos num papel e refutá-los por meio de contraprovas. Por exemplo, digamos que você acabou de descobrir que um amigo querido ganha o dobro de seu salário. Você fica ciumento, se sente inferiorizado por não ter escolhido a mesma carreira e ganhar o mesmo dinheiro? Essa maneira de pensar apenas o levará à depressão. Por que você deveria ter optado por uma carreira semelhante à de seu amigo? Você se sentiria melhor com as escolhas alheias? Claro que não. Você fez sua opção profissional, na época, sem considerar o rendimento. Está contente com o que faz e tem motivos suficientes para afastar os sentimentos de inveja ou ciúme. Mas, nesse exemplo, se o dinheiro for uma real preocupação, você sempre pode desenvolver e pôr em prática idéias que o levem a ganhar mais. Agir é algo que funciona. Lamentar-se só traz tristeza.

Pense na riqueza como algo mais do que dinheiro

Ao examinarmos nosso extrato bancário, quantas vezes nos esquecemos de como somos ricos! Aqui vão quatro sugestões típicas da *dolce vita* para você sentir-se um milionário instantâneo, situação financeira à parte:

1. Empenhe-se na busca do equilíbrio em sua vida.
2. Dê valor às coisas que têm significado para você.
3. Acalente e cuide das posses que tem.
4. Trabalhe mais em menos tempo.

Empenhe-se na busca do equilíbrio em sua vida

— Quando alcança o equilíbrio — disse minha amiga Luíza, de Trieste —, você se sente rico.

Atingir uma vida equilibrada significa prestar atenção a todos os aspectos da existência que enriquecem você como ser humano. Podemos nos sentir ricos distribuindo nosso foco entre realizações no trabalho, na espiritualidade, na cultura, na vida social, na rotina familiar, na saúde física e no lazer. Eis como:

Desenhe um grande círculo e divida-o em fatias, como um bolo, proporcionais a cada área de sua vida e ao tempo que você dedica a elas. Em seguida desenhe outro círculo, abaixo do primeiro, e divida-o em igual número de seções, dessa vez proporcionais ao tempo que gostaria de dedicar a cada área considerada importante em sua vida. Na comparação, você pode começar a refletir nas maneiras de organizar seu tempo de acordo com o "bolo" ideal. Por meio dos desenhos, você também consegue ver claramente que existe muito mais em sua vida do que trabalho e dinheiro.

A maioria dos italianos lhe dirá que trabalha para viver, não o contrário. Eles se recusam a labutar por horas intermináveis, em prejuízo de outros tesouros da vida. Um deles é evidente na cultura local: o amor às artes. Música, pintura, teatro, ópera, balé e arquitetura são venerados pela alma italiana e propiciam a beleza estética que normalmente só notamos ao deixar os compromissos de lado. Dedicar tempo às artes renova o espírito, do mesmo modo que um bom jogo de baralho com amigos ou uma acalorada discussão sobre política ou religião. Amor e paixão também estão no topo da lista daquilo que os italianos consideram *le picole grandi cose della vita*, as pequenas grandes coisas da vida.

Quando nossa vida está desequilibrada, algumas áreas dela praticamente desaparecem. Ao perceber esse perigo, reaja e atribua mais tempo às partes negligenciadas, ciente de que elas tornam a vida melhor. Recentemente, ao folhear uma revista de economia, li que os americanos de hoje nunca tiveram tanto dinheiro para gastar, mas reclamam da falta de tempo para desfrutá-lo. Quando indagados sobre o que mais desejavam, a resposta mais freqüente foi: "Mais tempo livre". Pense nas áreas de sua vida que são importantes para você, e então passe à ação, distribuindo seu tempo entre elas. Notará uma diferença quase imediata em seu nível de bem-estar.

Interessante!

Durante a civilização clássica greco-romana, o trabalho braçal era considerado vergonhoso e o ócio uma virtude, por dar tempo ao cidadão para desenvolver seu potencial.
Hoje, embora muitos valorizem o trabalho como fator produtivo, a maioria, quando questionada, admite que preferiria estar fazendo outra coisa.

Dê valor às coisas que têm significado para você

Não acredito nas pessoas que dizem que o dinheiro não é importante. Ele é, sim, mas como disse minha amiga Stefânia:

— Até certo ponto, o dinheiro permite viver com dignidade. É bom ter dinheiro para aquilo que se necessita ou deseja, mas além desse ponto a pessoa pode cair na obsessão de ter cada vez mais. É melhor relaxar e usufruir aquilo que se tem.

De fato, desfrutar o que já se tem é muito fácil. Pratique o seguinte exercício. Faça um inventário dos seus bens atuais e calcule um valor monetário para cada um deles. Surge aí a primeira dificuldade: certos bens possuem um valor sentimental que dinheiro algum poderia pagar caso fosse possível vendê-los. Por exemplo, um retrato a óleo de minha mãe, recentemente falecida. Não o venderia por nada no mundo! Sabendo que ninguém iria comprá-lo, posso sentir-me à vontade ao lhe atribuir o preço de um milhão de dólares. Ou seja, desse modo me sinto realmente segura de que ninguém irá querer o quadro.

Interessante!

De acordo com uma ampla pesquisa, as cinco seguintes ocupações são vistas como tendo maior **status** *entre os italianos:*
Executivos da iniciativa privada e de grandes empresas;
Profissões tradicionais como advogados e médicos;
Empreendedores industriais de grande e médio porte;
Dirigentes de grandes companhias agrícolas;
Administradores do setor público.

Do ponto de vista dos italianos, certas coisas são inegociáveis. Por exemplo, o lar da família. A residência original, onde as pessoas se criaram, costuma ser mantida por gerações a fio. Não só os filhos e netos evitam vender a casa, como os mais velhos se recusam a abandoná-la, exceto nas mãos de alguém de confiança. Trazer a vovó Ângela para jantar em minha casa, num simples feriado, serve de exemplo.

— Quem ficará olhando a casa? — ela dizia, em tom de desafio.

Claro que não havia grande risco de o ninho familiar ser invadido e depredado por vândalos, mas havia a sensação de que deixá-lo vazio e sem vigilância era um convite a problemas. Na verdade, um lar italiano é a extensão da família que nele habita. Constitui o ponto central da estabilidade, o alicerce dos bons sentimentos e do orgulho pessoal. Ainda que oferecessem malas abarrotadas de dinheiro à minha avó, ela nunca venderia sua casa.

Acalente e cuide das posses que tem

Os italianos gostam de coisas bonitas, mas não necessariamente novas. Meu amigo Paolo, de Ancona, dirige um velho Audi de doze anos, mas não se separaria dele nem com um guincho. Como a casa de minha avó, não está à venda. Ele o limpa e lustra todas as manhãs, antes de sair para o trabalho, e recobre cada pequeno risco que percebe na lataria. O interior do veículo é impecável: parece novo. O desejo de fazer *la bella figura*, causar boa impressão, é apenas parte da ligação profunda dos italianos com as posses que têm. Paolo certa vez me disse:

— Guiei este carro por muitos lugares e com ele vivi experiências maravilhosas. Sempre me levou aonde eu quisesse, por isso cuido dele também.

Enfim, o velho Audi fazia Paolo sentir-se psicologicamente rico, sobretudo quando a lataria brilhava. O automóvel havia se tornado uma extensão dele próprio, a ponto de não aceitar trocá-lo por um BMW novo em folha!

Quando cuidamos daquilo que possuímos, também economizamos dinheiro e consumimos menos. Faça uma lista das coisas que você gostaria de consertar ou restaurar — coisas que tenham um significado para você mas que estava prestes a descartar. Concentre-se nesse projeto por uma semana, até o fim da lista, e verá como é fácil conservar a maioria dos objetos queridos.

Trabalhe mais em menos tempo

Já ficou claro que uma das maiores queixas de quem trabalha é a falta de tempo para outras atividades. Uma lição dos italianos quanto a isso consiste em concentrar-se em suas tarefas, intensa e exclusivamente, de modo a fazer o trabalho render. É impressionante como perdemos tempo por causa de distrações como uma prolongada conversa banal, muitas idas ao banheiro ou à copa para beber água e café, durante o expediente. Minutos preciosos se escoam, e o pior é que você gasta outros tantos para se reconcentrar no trabalho!

Devemos treinar nossa vontade dedicando períodos de tempo específicos a cada projeto em andamento. Comece por marcar curtos segmentos durante os quais você se comprometa a não desviar sua atenção. Talvez você consiga trabalhar vinte minutos consecutivos sem se distrair com nada na primeira semana, e trinta na semana seguinte, até ver-se trabalhando atentamente por mais de uma hora. Claro, entre um período e outro podem existir intervalos de cinco ou dez minutos, a fim de dar descanso à mente e ao corpo. No entanto, ao retomar a tarefa, certifique-se de que nada se intrometa entre você e seu projeto, sejam seus próprios devaneios ou interrupções externas! Não atenda o telefone, ligue a secretária eletrônica. Avise os colegas que você pretende concentrar-se, e eles irão entender, desde que seja mantido um saudável relacionamento no ambiente de trabalho.

Quando você começa a trabalhar concentrado, logo se sente mais realizado e competente. A gratificação pessoal, no fim do processo, é mais tempo livre para ser distribuído equilibradamente entre sua lista de atividades vitais. Tempo livre vale muito e não custa nada! Pense nas muitas e compensadoras opções que você terá para aplicá-lo.

Capítulo Seis

Mostrando o Melhor de Si Mesmo

A cultura ama a beleza, depende da beleza, é viciada em beleza. A única palavra capaz de descrever todas as boas coisas, sejam maravilhosas, gratificantes, fantásticas ou simplesmente bem-feitas, é "bello".

— ALAN EPSTEIN, *AS THE ROMANS DO*

Apresentar-se bem, em pensamento, palavras e atos, é para os italianos uma questão de dignidade pessoal. *Fare la bella figura*, causar boa impressão, remete à idéia de mostrar aos outros o melhor de si. Os visitantes estrangeiros se admiram ao observar como parecem educados os homens e mulheres do *bel paese*, como aparentam gostar de si mesmos e como interagem amavelmente uns com os outros. A vida na Itália é inegavelmente vivida com um olho na beleza estética, no amor-próprio, na civilidade. Aprender a aprimorar o corpo e a mente com que se nasceu torna-se mais importante do que ser premiado com a perfeição genética.

Praticar *la bella figura* leva ao bem-estar, e vice-versa. Se a pessoa se sente bem e intimamente feliz, o resultado aparece no exterior!

De fato, as pesquisas indicam: ainda que você não se sinta alegre por dentro, *agir* com alegria cria uma mudança interior nesse sentido. Por quê? Porque os comportamentos mudam os conceitos, e os conceitos mudam os comportamentos. Não importa o que venha primeiro, ambos trabalham na mesma direção. Portanto, se num determinado dia você não se sentir muito animado, tente se vestir com esmero, andar com elegância e sorrir. As atitudes físicas irão melhorar seu humor e você notará de imediato algumas mudanças no seu estado emocional. Essencialmente, uma linguagem corporal positiva promove pensamentos construtivos e eleva a auto-estima.

A boa aparência independe da idade, mas não da maneira como você se avalia. As mães italianas insistem com os filhos para cultivar *la bella figura* desde muito cedo e dão conselhos sobre o modo de se vestir e se comportar. Enquanto um olho está atento às conveniências sociais, o outro permanece fixo na estética, e essa filosofia continua pela vida afora. O professor Marino Di Giovanni serve de exemplo para *la bella figura* em idade mais avançada. Hoje com sessenta e poucos anos, suas alunas o vêem como um dos homens mais charmosos de Florença. Quando ele entra na sala de aula, as garotas coram, suspiram e trocam murmúrios. A julgar pelo sutil sorriso nos cantos dos lábios, Di Giovanni está ciente do efeito que causa. Alto, ele usa os cabelos grisalhos ligeiramente compridos, e quando se debruça sobre a mesa, sua voz se projeta em tom confidencial porém dramático:

— É possível que a percepção humana seja apenas um efeito da ilusão?

Mãos impacientes logo se erguem, tentando ganhar a atenção do mestre para um valioso intercâmbio intelectual. A conduta autoconfiante do professor inspira uma espécie de magia na platéia, e sem demora o ambiente se eletriza. A *bella figura* trouxe benefícios tanto para o protagonista como para sua audiência.

Se você está imaginando como adquirir um senso de boa aparência em sua vida diária, é importante compreender três componentes básicos desse conceito. A *bella figura* é um processo ao mesmo tempo físico, comportamental e racional.

O lado físico da bella figura

Não se trata de uma obsessão neurótica com a aparência, mas sim de um compromisso diário e automático para aprimorar a vida. Os italianos não perdem os limites quando se trata do aspecto físico, porém gostam de mostrar-se bem e transmitir uma auto-imagem positiva. Conclusões da psicologia apóiam a noção de que a aparência externa está relacionada com a felicidade interior — e por mais razões do que os olhos podem ver.

Nas sociedades que valorizam a beleza física, não surpreende que pessoas atraentes — as dotadas de cabelos bonitos, corpo sedutor e fisionomia agradável — tenham vantagens ao procurar companheiros, amigos, professores e até chefes para um novo emprego. Essa é uma verdade sobretudo no que se refere à primeira impressão, mas é claro que, com a aproximação maior, freqüentemente uma forte personalidade torna os indivíduos mais bonitos do que poderiam parecer ao primeiro olhar.

Por sorte, para aquelas de nós que não foram abençoadas com a figura de modelos ou atrizes, não é o caso de desistir! Na Itália, a beleza é uma questão mais pessoal do que social. Em outras palavras, estar bem consigo próprio conta mais. A *bella figura* requer apenas que saibamos apreciar o que temos e salientar os pontos fortes. O impacto da boa presença física na vida social é menor somente do que a sensação interior de beleza.

De qualquer modo, tentar aprimorar-se tendo em vista o sexo oposto beira a futilidade. Pesquisas sobre a atração entre homem e mulher dizem que, na realidade, nenhum dos gêneros julga a beleza física como decisiva num relacionamento. Antes de tudo, são detalhes como os cabelos cacheados ou a gravata levemente caída sobre o colarinho da camisa que ressaltam o sexo oposto, porque a pessoa em questão é percebida como sendo mais humana e, assim, mais semelhante a nós.

Algumas sugestões simples em favor da *bella figura* consistem em: cuidados com a **pele**; escolha de uma **moda** que embeleze o corpo; manter-se **bem penteado** e igualmente em **boa forma**. Esmerar-se na aparência poderá elevar sua autoconfiança e até fazer com que você caminhe com aquela clássica elegância dos italianos.

Cuidados com a pele à italiana

Na Itália, é imperativo ter uma pele bem-tratada. A epiderme bronzeada de minha avó siciliana brilhava de saúde. Ela usava pouca maquiagem — somente um leve toque de batom e de *rouge* —, mas o importante era lavar o rosto meticulosamente e depois hidratá-lo com duas gotas de azeite de oliva. Hoje, a Itália lidera o mercado de cosméticos inovadores, e qualquer revista que você abra trará a última palavra em cremes para prevenir as rugas ou contra o envelhecimento facial — provas da preocupação nacional com a boa pele. Sim, nos Estados Unidos o velho azeite está de volta às formulações cosméticas, de um modo mais sofisticado e caro! Homens e mulheres já podem fazer esfoliação facial em casa, misturando um pouco de açúcar com azeite para formar uma pasta. Esfregá-la no rosto ou em qualquer parte do corpo que deseje suavizar, deixando agir por trinta minutos, dá bons resultados se você retirar essa máscara facial com uma toalha quente. Sua pele ficará macia como a de um bebê!

As italianas optam por uma aparência natural em matéria de maquiagem. Os artigos básicos não faltam na bolsa, incluindo um aparelho curvador de cílios, pó facial e batom em tons combinados. Algumas, a fim de economizar, espalham o batom como *blush* nas bochechas. E um bom lápis delineador para os olhos pode melhorar a aparência feminina no fim da tarde.

Moda à italiana

Tendo Milão como centro irradiador, a Itália tornou-se líder mundial da moda, gerando inovação ou revivendo estilos clássicos. Minha avó Giuseppina era a mulher mais bem-vestida de nosso bairro, elogiada como pessoa elegante. Minha mãe herdou esse senso de moda e discernimento estético. Lembro-me das duas senhoras usando chapéus feitos à mão e comprando luvas de algodão ou de seda para combinar com a cor dos vestidos e sapatos. Vovó não era rica, mas considerava o bem-vestir uma obrigação.

Quando os italianos adquirem roupas e acessórios, pensam mais em qualidade do que na quantidade. Algumas peças básicas podem ser atualizadas com novos acessórios, todos os anos, e reforçam a sensação não só de elegância como de economia, especialmente se compradas fora da alta temporada.

Um conceito que eu partilhava com meu avô Domenico era a importância de trajar "roupas de domingo" para ir trabalhar. Ele se apresentava em sua loja de sapatos com a camisa bem passada e uma gravata impecável, enquanto eu sempre usei terninho para dar aulas na faculdade. Ouso dizer que nosso vestuário nem sempre condizia com nossas respectivas profissões. Mas, como alertava vovô, ninguém deve correr o risco de causar má impressão. E nós sabíamos que isso ia além da indumentária. Representava respeito próprio e por nosso trabalho.

Interessante!

A motoneta (lambreta) Vespa tornou-se um símbolo da dolce vita *na Europa, após a Segunda Guerra Mundial. Devido ao caos econômico e ao estado precário das estradas, o jovem Enrico Piaggio encontrou um meio fácil de motorizar os italianos. Em 1946, pediu a Corradino D'Ascanio que projetasse um veículo leve, barato e simples, com lugar para o motorista e um passageiro na garupa.*

Para seguir os ditames da *bella figura*, uma boa medida é começar arrumando seu armário ou guarda-roupa. Descarte as peças desbotadas ou fora de moda, as que encolheram ou que você já usou demais. Um armário abarrotado e bagunçado geralmente reflete uma mente também atravancada e desorganizada. Doe as roupas que você não usa mais para associações de caridade e depois compre peças básicas, de qualidade, em cores neutras e que possam ser facilmente incrementadas por meio de acessórios. Calças e camisas ou blusas pretas são dois exemplos. Vão bem com qualquer tipo de casaco, malha ou jaqueta, e duram anos sem sair de moda. Os italianos preferem comprar produtos duráveis, mas é claro que uma bonita gravata ou óculos escuros personalizados, de marca, têm seu lugar na composição da *bella figura*.

Penteado ao estilo italiano

Os italianos gastam considerável parte do tempo em salões de beleza ou de barbeiro. Cabelos bem-tratados e penteados melhoram o aspecto, tanto por comprovar atenção aos detalhes e à higiene, como por dar sinal de que você gosta de si mesmo. Trata-se de uma qualidade realmente magnética! Perfeição não é o objetivo, mas há muito que podemos fazer para garantir uma aparência confiante. Por exemplo, verifique a condição de suas unhas, se elas precisam ser aparadas, lixadas ou esmaltadas. Os sapatos devem mostrar-se em bom estado e engraxados. Talvez suas roupas precisem ser passadas ou a bainha de seu casaco esteja descosturada. São detalhes que com freqüência passam despercebidos na correria do dia-a-dia, mas fáceis de resolver. Tal como os italianos, mantenha os cabelos bem-cuidados e não deixe de experimentar diferentes estilos de penteado.

Boa forma à italiana

Enquanto a ginástica cresce em popularidade entre a juventude italiana, a maioria não confia em árduos exercícios aeróbicos para manter uma figura esbelta, e mesmo assim... Qual o segredo? Além de consumir pratos simples e saudáveis, presentes na dieta mediterrânea, os italianos caminham e andam de bicicleta como parte da rotina cotidiana. Desde os muitos jovens aos idosos, é comum encontrá-los tomando ar puro e movimentando o corpo. Na tradição da *dolce vita*, pense em exercícios físicos como maneira de ser, em oposição a sessenta minutos de malhação, concentrados numa tortura pré-programada! Escolha uma atividade que você goste de fazer, e então a pratique para valer! Caminhadas curtas ou longas, corridas de bicicleta até o supermercado, plantio de flores e cuidados com o jardim, enfim, adote qualquer providência que possa manter seu corpo em movimento durante o dia. Como duas vantagens, além da atividade em si, você queimará mais calorias e, enquanto estiver ocupado, tenderá a comer menos!

Os comportamentos ligados à boa aparência

O segundo componente da *bella figura* envolve a **linguagem corporal** e as **interações sociais**. Esses dois aspectos do comportamento são essenciais para você sentir-se bem, causando boa impressão aos outros. Interações positivas transmitem calor humano, aceitação e sentimentos fortes, que fazem as pessoas apreciarem o fato de estar próximas de nós.

Linguagem corporal

Você já captou seu reflexo na vitrine de uma loja e detestou o que viu? Talvez estivesse desgrenhado, exausto ou carrancudo. Mas uma expressão facial alegre e uma postura correta do corpo realmente causam efeitos agradáveis em nosso estado de espírito e naqueles que nos rodeiam. A autoconfiança talvez seja a mais atraente das qualidades humanas, pelo poder de comunicação. Uma de minhas amigas recentemente me contou como sua linguagem corporal confiante a levou a conhecer seu futuro marido, durante uma caminhada no parque.

— Ele disse que gostava do meu modo de andar e perguntou se poderia me acompanhar. Isso foi só o começo!

Sinestesia é o estudo da comunicação por meio dos gestos e movimentos corporais, da postura e expressão facial. Refere-se essencialmente à linguagem do corpo, que varia de uma cultura para outra. Na Itália, por exemplo, a gesticulação exuberante é mais aceitável do que nos países anglo-saxões. No entanto, determinados traços são universais, como o sorriso, que denota ânimo amistoso na maioria das culturas. Inclinar-se levemente na direção da pessoa que lhe fala indica interesse pelo que ela tem a dizer. Os italianos adoram expressar-se abertamente e transmitir sua alegria de viver por intermédio da fisionomia e dos gestos enfáticos. Como a gesticulação é uma forma rotineira de comunicação em muitas partes da Itália, os italianos se tornaram astutos observadores da linguagem corporal e das expressões pessoais. Uma colega minha, nativa do *bel paese*, garantiu-me que podia deduzir a sinceridade ou não de um político pela comparação entre seu discurso e sua expressão facial durante um pronunciamento na televisão. Freqüentemente, não nos damos conta daquilo que nosso rosto está comunicando, mas a postura corporal e a expressão facial podem ser examinadas e aprimoradas com uma consulta ao espelho de vez em quando. O objetivo é efetuar movimentos firmes e graciosos. Tente ainda fazer com que suas expressões reflitam qualidades positivas, tais como contentamento, bondade e afetividade. Deixe que elas reforcem o que você está dizendo. Empenhe-se em andar, sentar ou balançar a cabeça de modo a comunicar dignidade e segurança. Esse tipo de linguagem corporal fará com que as pessoas sejam atraídas para você como por um ímã.

Adote alguns exercícios em sua rotina diária, até obter a autoconfiança que você merece. Comece por reservar algum tempo, todos os dias, a esse treinamento, sem se sentir culpado. Dez minutos bastam. Fique defronte a um espelho de corpo inteiro e imagine que está conversando com alguém que o deixa desconfortável ou retraído. Experimente encenar um diálogo recente, que você conscientemente considerou um fiasco. No princípio tudo parecerá estranho, mas se interpretar esse papel diversas vezes, sua confiança crescerá e você aprenderá a lidar serenamente com qualquer situação.

Outra boa medida para desenvolver uma linguagem corporal eficaz é imitar pessoas que já a possuem. De acordo com o psicólogo social Albert Bandura, o simples ato de observar e imitar alguém nos ajuda a aprender essas condutas. Observe o nível de autoconfiança com que as pessoas falam e se movimentam. Se não conhecer ninguém que se encaixe nessa descrição, preste atenção nos artistas ou apresentadores da tevê. Imagine-se no papel deles e talvez você consiga incorporar ao seu repertório o comportamento desejado.

Interações sociais

Além da postura confiante e das expressões faciais positivas, a maneira como interagimos com os outros afeta diretamente a impressão que causamos. Detalhes simples como cortesia, boas maneiras e estilo simpático ajudam bastante nesse sentido.

Muito tempo depois que os talheres foram inventados, os italianos continuam sendo meticulosos quanto ao modo de se comportar à mesa e ao ritual das refeições. Certa vez acompanhei Roberto, um colega de profissão, numa típica bisteca grelhada *alla fiorentina*. Saímos no carro dele de uma das ruas comerciais de Florença e subimos as colinas dos arredores, batidas pelo vento, até chegar a uma parte chique da cidade, chamada Fiesole. Roberto tirou sua jaqueta de couro e entregou-a à camareira do restaurante, sua velha conhecida. Disse que desejava uma mesa do lado de fora, ao ar livre. Fomos instalados sem demora e recebemos do garçom o extenso cardápio.

— *Non è necessario* — disse meu amigo, com um aceno de mão. — Já sabemos o que vamos pedir.

Ele fez o pedido usando a segunda pessoa, *tu*, maneira protocolar de relação entre um cliente e um garçom, mas este respondeu com naturalidade por meio do mais formal *lei*.

Polidez e boas maneiras são vitais no comportamento social. Roberto utilizava os talheres cromados com habilidade e sabia exatamente como posicioná-los sobre o prato, no fim da refeição. Observar essa elegante conduta à mesa torna-se parte do infindável *spettacolo* proporcionado pelos italianos como característica nacional.

Assim como no caso da História do país, da personalidade arquitetônica e cultural, o sentimento fundamental subjacente à *bella figura* é a civilidade, que se encontra entrelaçada ao mesmo tempo com a sutileza e com o espetáculo demonstrativo do dia-a-dia italiano. Na verdade, sua milenar cultura refinou o conceito de civilidade através dos séculos, transformando a interação social em uma das mais alegres e descontraídas experiências da vida.

O conceito da bella figura

Seguir os aspectos físicos e comportamentais da *bella figura* tende a melhorar seu humor e atrair as demais pessoas para perto de você, mas também é importante cultivar uma atitude mental que reflita seu bem-estar. Isso inclui desenvolver uma **imagem corporal positiva**, um senso de **autocontrole** e uma **visão positiva** do mundo.

Imagem corporal positiva

Os italianos gostam de ser como são, de sua aparência. Cuidam do corpo mais para agradar a si mesmos do que aos outros e evitam que as pressões sociais ou influências externas ditem seu comportamento. Essa é a chave para adquirir uma boa imagem corporal. Quando nos comparamos excessivamente com os demais, quando levamos muito a sério as mensagens da mídia, começamos a nos sentir mal com nossa aparência. O melhor modo de combater tal pensamento destrutivo é tomar consciência de como ele ocorre. Manter um diário escrito, mais uma vez, ajudará sua memória. Quando você vê um comercial na tevê e se recrimina por não ter o corpo da modelo do anúncio de cerveja, apanhe seu diário e registre essa experiência. Descreva o comercial e como ele a fez sentir-se. Exteriorize os pensamentos negativos escrevendo-os no papel. Então, permita que a razão se sobreponha às suas emoções, redigindo frases que apaguem aqueles padrões adversos. Como exemplo de declaração que restabelece a racionalidade, cito a seguinte: "Não faz sentido, geneticamente falando, que eu

> ### *Interessante!*
>
> *Os italianos se orgulham de conseguir "decifrar" as pessoas. Como saber se alguém está mentindo? Pela linguagem corporal! O dr. Dennis Coon cita como indicadores da mentira os sinais de forte emoção produzidos pelo sistema nervoso autônomo, como piscar, corar, dilatar as pupilas, respirar com ansiedade, transpirar e falar com hesitação.*

me aborreça por não ter o mesmo corpo de uma *top model*. Vou me esforçar para me sentir bem e aparentar serenidade, seja qual for meu manequim". Com a prática de corrigir seus conceitos autopunitivos, estes vão gradualmente sair de sua mente, sendo substituídos por idéias de apoio que aumentam a autoconfiança. Ou seja, uma imagem corporal positiva começa na mente, o que significa que sempre podemos fazer algo para corrigir uma avaliação negativa.

Pesquisas no campo psicológico revelaram uma forte relação entre o bem-estar e a imagem corporal. O que achamos de nossa aparência influi no que sentimos sobre nós mesmos em geral. Se detestamos nosso aspecto físico, damos margem à depressão, à ansiedade, à baixa autoestima. Talvez gastemos rios de dinheiro em clínicas de estética e academias de ginástica. Por outro lado, um intenso desprezo por nosso corpo — chamado de transtorno da imagem corporal — leva a distúrbios alimentares que abrem portas para as doenças. Ninguém está inteiramente satisfeito com sua aparência o tempo todo, mas uma autocrítica severa demais interfere em nossa qualidade de vida.

A influência da mídia — rádio, imprensa, televisão — é em parte responsável pela tendência de detestarmos nossa aparência e querermos modificá-la obsessivamente. Com freqüência, a sociedade exige muito das mulheres, e elas se comparam umas com as outras, censurando-se quando notam que vestem "um número a mais". Vale lembrar que o peso "ideal" das mulheres, representado por atrizes e modelos presentes na mídia, decresceu para apenas 5 a 10% das americanas. Significa que 90 a 95% delas estão fora do peso "ideal" apregoado pelos meios de comunicação. Resultados de uma pesquisa da revista *Psychology Today* revelaram que, embora o número de mulheres descontentes com seu corpo continue excedendo o de homens, entre estes triplicou a insatisfação corporal nos últimos trinta anos! Hoje, até mesmo crianças pequenas são estimuladas a fazer dieta em favor da aparência. Isso tornou-se uma real preocupação, já que os distúrbios alimentares surgem preferencialmente na puberdade e adolescência.

É óbvio que, além de corrigir nosso eventual desprezo pelo próprio corpo, temos de cuidar dele na prática, se quisermos reforçar nossa auto-imagem. Infelizmente, os americanos padecem de maus hábitos alimentares, muito mais do que qualquer outra civilização. Os povos mediterrâneos talvez detenham a chave de uma solução. Um dos motivos pelos quais a dieta mediterrânea ajuda a manter a boa forma física reside simplesmente no fato de que espanhóis, italianos e franceses preferem manter distância de sanduíches gordurosos, raramente comem entre as refeições e cultivam a boa alimentação. Em conseqüência, conservam o peso em níveis razoáveis com reduzido esforço. Claro, corpos bem-delineados elevam a auto-estima e promovem uma auto-imagem positiva!

Aparentemente, os italianos também aprenderam a resistir aos apelos da mídia para que todos sejam magros. Meu próprio estudo sobre imagem corporal concluiu que não é tanto a exposição às mensagens da mídia que determina nosso nível de insatisfação com nossa aparência, mas sim como a assimilamos. Há uma grande diferença entre admirar a forma física de uma atriz ou modelo e chorar por não sermos iguais a ela. Embora a beleza estética seja um artigo abundante no *bel paese*, é importante lembrar que o conceito da *bella figura* tem mais a ver com a auto-aceitação do que com medidas perfeitas. Quando aceitamos nossas limitações e trabalhamos com elas a fim de minimizá-las, a beleza física se torna parte da doce vida, não uma obsessão doentia por seguir os ditames da imprensa e os padrões da moda.

Existe outro exercício na frente do espelho que ajuda a combater a imagem corporal negativa. Olhe-se bem e verbalize seus atributos positivos. Qualquer um de nós tem aspectos físicos que podem e devem ser apreciados. Valorize-os descrevendo esses detalhes para si mesmo. São os olhos? A pele? Os cabelos? O pescoço gracioso? Pense em como você pode melhorar sua aparência até sentir-se bem com ela. Toques estratégicos de vestuário, como uma bonita presilha nos cabelos, meias coloridas, sapatos lustrosos podem colocar seu astral lá no alto, causando uma sensação parecida com a de ganhar na loteria. No tempo dos etruscos, quando se acreditava que um corpo bonito espelhava uma bela alma, incrementar as qualidades físicas era essencial. Por isso, a ênfase dos italianos num penteado correto continuou coexistindo com as restrições à vaidade ensinadas pela Igreja Católica. Como sempre, no *bel paese*, há uma tranqüila integração entre contrastes e paradoxos. E certos traços culturais, como o conceito de *bella figura*, parecem resistir à extinção. Alguns quilos a mais, na Itália, não fazem as pessoas correr à livraria em busca da última novidade em dietas. Por outro lado, um estilo de vida que

> ### *Interessante!*
>
> *Parma abriga uma rica tradição artística, firmada por renomados artistas que ali viveram: Correggio, Parmigianino, Verdi, Toscanini, Stendhal e Proust. Esse senso estético refletiu-se com singularidade na idéia da* bella figura. *Roupas e acessórios feitos no antigo ducado são verdadeiras obras de arte, dos elaborados cintos das marcas G.A. e Barbieri aos ternos da Equipage e da Valdarno e às bolsas femininas da Sander's Corradi e da Olpan.*

inclua uma alimentação saudável, atividade física e cuidados com a aparência tende a deixá-las em forma, prontas para desfrutar o mundo sem problemas.

Autocontrole

Estar no controle de si mesmo torna você mais confiante e, ainda, mais atraente aos outros. Pense em como você se sente ao falar com pessoas calmas e seguras. Não é uma boa sensação, mesmo inconsciente? Aquele tipo de comportamento acalma e inspira você, atribuindo-lhe maior segurança. Vendedores são peritos em ressaltar tais qualidades, passando-lhe a convicção de que você resolverá qualquer problema se comprar o produto oferecido.

No que consiste exatamente o controle pessoal e como o alcançamos? O autocontrole é a crença na importância de dominarmos as circunstâncias que nos cercam. Você se sente mais poderoso e confiante quando sabe que pode modificar a maioria das coisas que lhe acontecem. No extremo oposto, aqueles que acreditam que suas ações não têm efeito sobre determinadas situações geralmente apresentam sentimentos de desesperança e inferioridade. Se você não gosta do seu peso, por exemplo, pode aceitá-lo como destino genético ou programar uma série de exercícios e dieta para emagrecer. Quanto mais firme for a decisão que tomar, maior impacto você provocará em sua própria vida e na das pessoas à sua volta.

Adquirir autocontrole, segundo os italianos, começa por uma participação ativa na própria existência. Você deve gostar dela, recusando-se a ceder ao desânimo. Sempre é possível encontrar a melhor maneira de enfrentar as piores situações. Afinal, pensamento positivo é uma opção consciente que fazemos. Ou seja, é tão fácil escolher o padrão positivo quanto o negativo.

Lembre-se de que você é o arquiteto de sua própria felicidade. Caso não goste do jeito como sua vida anda atualmente, precisa apenas retocar a planta, o projeto. Reveja sua divisão de tempo, para começar. Investir tempo naquilo que você adora fazer é como aplicar dinheiro no banco da *bella figura*! Assim, vá em frente e matricule-se naquele curso de francês ou de cerâmica com que sonhava há tempo. Consiga horário para as coisas de que você gosta e aperfeiçoe os talentos que já possui. Mais importante, quando se sentir deprimido, abra seu diário ou sente-se ao computador e anote as ações possíveis e capazes de modificar a situação. Escreva tudo o que lhe vier à mente, sem reservas, por mais tolo que pareça naquele momento. Então escolha a solução mais plausível e determine-se a segui-la. Se funcionar, ótimo. Senão, tente outra saída que conste da lista. A inércia — não o erro — é o principal inimigo do autocontrole!

Saber que consegue controlar aquilo que acontece com você, ainda que de modo superficial, irá lhe trazer um grande senso de tranqüilidade e bem-estar. Estudos mostraram que mesmo em pacientes internados em hospitais — circunstância em que a maior parte do autocontrole é anulada — a sensação de bem-estar físico e psicológico aumenta quando os doentes podem arrumar as flores recebidas no quarto, escolher qual roupão usar, decidir quais atividades gostariam de fazer. É importante ficar atento para identificar situações semelhantes, o que irá capacitá-lo a interpretá-las da maneira mais construtiva possível. Contudo, você deve provar a si mesmo, de vez em quando, que é capaz de dominar sua perspectiva vital quando outros elementos fogem de seu controle. Em tempos incertos, o autocontrole promove a paz interior. E se você for um angustiado por natureza, tente escrever seus problemas num caderno antes de ir dormir, escolher as soluções e consultá-las de novo na manhã seguinte. Tratados desse modo, os problemas perdem força e passam ao largo de sua serenidade pessoal.

O pesquisador Martin Seligman dedicou a vida a ajudar pessoas com depressão, quadro caracterizado pelo sentimento de desesperança e pela percepção de perda do autocontrole. Para combater a falta de tônus emocional, é crucial trazer conceitos ilógicos e percepções irracionais de volta à realidade. Quando nos ocorre algo de negativo, tendemos a dramatizar, generalizar e pensar o pior. Talvez você tenha recebido, por telefone, o comentário amargo de um amigo. Pode ter ouvido palavras ofensivas de uma colega de trabalho. Nessas circunstâncias, provavelmente pensou que a velha amizade poderia deteriorar-se. Objetivamente, é uma tolice completa. Na verdade, o amigo e a colega podem apenas ter tido um dia ruim, e o humor deles nada tem a ver com você, em termos pessoais.

Pois os italianos dominaram a arte de não ler demais nas entrelinhas. Eles costumam argumentar de acordo com o óbvio e deixar de lado as interpretações muito sutis. Encarar a vida dessa perspectiva fomenta a paz de espírito, sem dar espaço a mágoas e sentimentos feridos.

Vez por outra, todos nós somos propensos a erros, ao pensar coisas que não correspondem à realidade. Nossos julgamentos e emoções são por vezes irracionais a ponto de causar uma dor maior do que a situação em si. Felizmente, podemos aprender a ser realistas diante de acontecimentos negativos e nos negar a dar-lhes o poder de aniquilar nosso bem-estar emocional. Basta rever nossas sensações e colocá-las em perspectiva, ao estilo italiano.

Os italianos podem queixar-se amargamente da burocracia, do cenário político, do seu time de futebol que perdeu um jogo. Aborrecimentos comuns, desse tipo, não chegam porém a ameaçar sua auto-estima ou entusiasmo pela vida. Minha colega Ana acredita que a experiência do povo com tempos difíceis ensinaram os italianos a sobreviver sem afundar-se num poço de desilusões.

— Posso olhar para o passado e chorar sobre aquilo que fiz ou deixei de fazer, ou ficar ansiosa quanto às incertezas do futuro — diz Ana. — Mas preciso ter certeza do momento presente e quero desfrutá-lo da melhor forma possível. Sempre digo que, se há nuvens hoje, deve sair o sol amanhã. Bem, e se não vier um dia ensolarado? Paciência. Por experiência própria, sei que por fim ele virá.

Visão positiva

O isolamento social não é condição habitual na sociedade italiana. Misturar-se às pessoas deveria constituir a regra de uma rotina de perfeita saúde mental. Boa companhia nos brinda com o senso de camaradagem. Talvez seja chegada a hora de você repassar sua agenda e ver como anda sua vida social. Talvez, mergulhado em trabalho ou morando na zona rural, longe dos centros urbanos, você não fale há tempos com alguns amigos. Então, pense numa maneira de mudar isso e criar maior interação social. Pegue o telefone e faça ligações inesperadas. Convide pessoas para ver, junto com você, o filme de sexta-feira à noite na televisão. Se pratica caminhadas ou pedala sua bicicleta sozinho, passe a cumprimentar as pessoas que usam a mesma trilha, sorria e aproxime-se delas. Inicie pequenas conversas enquanto está na fila do banco: elas podem render amizades duradouras. Enfim, essas pequenas mudanças rumo à interação social tornarão sua vida mais doce, trarão você para mais perto da filosofia da *bella figura*, que resistiu ao teste do tempo.

Efetivamente, tal conceito tem tudo a ver com a celebração da beleza, seja interior ou exterior. É uma filosofia na qual pensamento, conduta e aparência se mesclam para celebrar um tipo de beleza que transcende as épocas. *La bella figura* tem tudo a ver com a mãe de meia-idade fazendo compras no supermercado, trajando *jeans* e um elegante *blazer* azul, assim como se refere à jovenzinha que usa brincos espalhafatosos sob os cabelos soltos, tangidos pelo vento. O mesmo vale para a mulher idosa que olha através de óculos modernos e enche o ar com seu perfume Chanel. Ou para o misterioso cavalheiro sessentão, de roupa escura e cabelos pintados, que caminha como um importante diretor de cinema. Causar boa impressão, no entanto, vai além de boas roupas, gotas de perfume, cabelos bem-tratados, maquiagem sofisticada e assim por diante. *Fare la bella figura* lança, na verdade, o protótipo da conduta social e da dignidade de cada pessoa. É sinônimo de manter a cabeça erguida, a postura ereta, os passos confiantes. Não se esqueça: causar boa impressão também envolve contato visual direto, que vai de um olhar de simpatia a um brilho irônico. Trata-se de um conceito que os psicólogos americanos associam à chamada inteligência emocional.

Nicola montou um estúdio de arte no extremo sul da Itália. Quando não está mostrando seus quadros a compradores em potencial ou participando de exposições de pintura, ele pode ser encontrado defronte a sua pequena galeria, de camiseta, saudando quem passa e desenhando esboços das crianças das redondezas. Nicola ri, conversa, troca apertos de mãos e sempre tem uma boa palavra para quem quer que seja. É evidente que ele fez seu cantinho no mundo tornar-se mais bonito, pelo exemplo vivo que oferece da filosofia da *bella figura*.

Capítulo Sete

Comunicação com ou sem Palavras

Ao negociar o mais simples dos acordos, os italianos se entreolham diretamente. Eles lêem nos olhos do interlocutor (ou captam no tom de voz e na escolha das palavras) os sinais de uma decisão firme ou de uma timidez disfarçada... São diplomatas natos, do tempo em que a diplomacia ainda era um assunto sério e responsável.

— LUIGI BARZINI, *THE ITALIANS*

Considero os italianos mestres na mais importante virtude para o sucesso: a facilidade de comunicação. É mais fácil chegar ao topo, no campo social e profissional, quando a pessoa sabe tornar suas idéias compreensíveis e mostra disposição para ouvir as idéias dos outros. A verdade é que, em qualquer ambiente de trabalho, além de ser eficiente a pessoa também precisa ter uma boa interação com os colegas. Se você, por exemplo, é adepto da arte do intercâmbio verbal, se sentirá à vontade em qualquer situação — desde a mais acirrada competição profissional até a mais sofisticada festa na alta-sociedade. Por outro lado, a inabilidade de se expressar adequadamente, seja por excesso de timidez ou apelando para comentários cáusticos ou ofensivos, pode levar a sentimentos de depressão e isolamento social. Em geral, as pessoas gostam de ficar perto daquelas que têm uma personalidade acolhedora, capazes de deixá-las à vontade. E nesse aspecto os italianos são comunicadores extraordinários.

Depois do expediente de trabalho, meu avô Domenico se obrigava a cumprimentar todos os seus conhecidos dentro da comunidade. Saudava-os com um sonoro e alegre *buona sera*, boa-noite. Com exceção de um período de luto pela morte de minha avó, jamais vi vovô triste ou deprimido. As pessoas depressivas sentem-se solitárias e desconectadas. Domenico aprendeu a se imunizar contra o isolamento social valendo-se de um largo sorriso e dirigindo palavras amáveis a quem quer que encontrasse. Era o que lhe bastava! Apesar do sotaque italiano, esse admirável imigrante sentia-se confiante a ponto de falar com qualquer pessoa, não importando sua posição social. Ele sabia despertar um sorriso no rosto dos outros, comunicando-se com calor e descontração. Meu avô geralmente seguia três regras para facilitar o diálogo: ele normalmente **tomava a iniciativa**, **não tinha pressa** ao conversar e transmitia **mensagens positivas**.

Tomar a iniciativa

Quando se dá o primeiro passo em direção a outro ser humano, isso o faz sentir-se vivo e importante. Talvez você já tenha experimentado a sensação de ganhar o dia graças a um simples sorriso que recebeu. Há momentos em que nos sentimos solitários, sem meios de nos livrarmos desse peso. Nessas horas é vital estender a mão, buscando solidariedade e empatia com a espécie humana. Inicie uma conversa, deixe o coração aberto. Não retribua um "Como vai?" com uma resposta de apenas duas palavras. Vá além, puxe conversa e dê ensejo a que um mero cumprimento inspire uma interação mais extensa. A ânsia dos italianos por comunicar-se e estabelecer relacionamentos é um dom, e eles recorrem a qualquer instrumento disponível — olhares, gestos de mão, entonação de voz, expressão facial, até mesmo o corpo inteiro, se necessário! — para passar adiante uma mensagem.

As pesquisadoras em comunicação Felice Perussia e Renata Viano afirmam que é impossível *não* ser comunicativo. Cada comportamento comunica alguma coisa, até o silêncio. Por isso é importante pensar no que se está de fato comunicando aos outros. Às vezes, a relutância de uma pessoa em buscar companhia quando se sente sozinha pode transmitir a mensagem de que "Não preciso de você, fique longe de mim", justamente o oposto do que ela gostaria de comunicar. Então, porque os outros se afastam de nós, concluímos erroneamente que somos indesejados. Dar o primeiro passo faz com que as pessoas vejam as coisas de um ângulo diferente. Muita gente está tão ansiosa quanto você para encetar um diálogo e ficaria animada com a sua iniciativa.

Em muitas ocasiões, ir em frente sem deliberar demais é o melhor a fazer. Tente conter a hesitação ou o excesso de racionalidade. Nos raros instantes em que alguém se mostrar pouco receptivo ao diálogo, não tome isso como falha sua. Talvez a cultura do país de origem dessa pessoa seja mais individualista, mas se você está na Itália é virtualmente impossível não aumentar seu nível de interação social, desde que se mantenha aberto e disposto a investir um pouco de tempo e esforço em construir uma teia de relações. Os italianos procuram a interação, ficam atentos e se deliciam com ela. Acima de tudo, concedem-lhe o tempo devido. Já que não têm pressa em dar a palavra de despedida, despendem o tempo necessário para ouvir e falar. Devemos fazer mais do que um esforço concentrado a fim de arranjar tempo para o intercâmbio social, porque a recompensa é enorme em termos de bem-estar.

Não ter pressa ao conversar

Certo dia, na hora do almoço, eu descia a Quinta Avenida em Manhattan, Nova York. Fiquei maravilhada com a elegância ali reinante. Em muitos aspectos, lembrava a *bella figura* que faz parte da cultura italiana. Tudo combinava lindamente. Roupas, maquiagens, perfumes, pastas e maletas executivas eram coordenadas com esmero. Elegantes pedestres, jovens e idosos, homens e mulheres, beiravam a perfeição estética. Senhoras idosas usavam sapatos de salto alto, os casaquinhos bege ornando com os vestidos adornados de pérolas. Executivos bem-apessoados, em ternos azuis ou cinzentos com listras, espiavam as manchetes do *Wall Street Journal*. Mãezinhas chiques empurravam os carrinhos de bebê com espantosa velocidade e as crianças apreciavam o passeio, igualmente bem-vestidas. O dia estava ensolarado e uma forte brisa imprimia ritmo à caminhada.

Faltava algo a esse cenário — o som de vozes e conversas —, caso contrário ele poderia encaixar-se num álbum de recordações da Itália e seu conceito da *bella figura*. Naquele país, é quase impossível permanecer *una mezz'oretta*, meia hora, em silêncio. Qualquer correria pelas calçadas acabaria sendo interrompida por saudações e conversas de improviso! Em parte, isso se deve ao fator *non c'è male*, não está mal, o qual garante que uma pergunta do tipo "Tudo bem?" não seja respondida em menos de dez minutos. Quase nunca um italiano responde apenas "Tudo ótimo!" ao se deparar com um "Como vai?". Seria culturamente inaceitável! Uma vez, vi duas senhoras idosas cumprimentando-se no centro de Parma:

— *Pina, come stai?* Como vai?

— *Eh... non c'è male*. Não está mal. — A mulher deu de ombros e balançou a cabeça, em sinal de abertura para o diálogo.

— O que está acontecendo? — perguntou a primeira, aproveitando a deixa.

A Via Garibaldi estava apinhada de gente, e as duas amigas tinham dificuldade para ouvir uma à outra, pois encontravam-se em calçadas opostas, separadas pelo ruído das Vespas que aceleravam para ultrapassar os automóveis, mais lentos. Mas Pina atravessou a rua a fim de continuar a conversa com Concetta, que tinha pressa de terminar suas compras. Por fim, ambas concordaram em encontrar-se no dia seguinte, na casa de Pina, sob o pretexto de rever as fotos dos respectivos álbuns de família.

— *Allora, a domani.* Então, até amanhã.

— *A domani, ciao.* Até amanhã, adeusinho.

Mais um detalhe: muitos italianos deixam aberta a porta de casa, para os vizinhos entrarem, e fazem passeios regulares pela rua principal da cidade, depois do almoço, a fim de desfrutar a brisa e *fare quattro chiacchere*, bater papo com amigos e conhecidos. A interação humana se torna um hábito diário.

> **Interessante!**
>
> *O povo da região central da Itália incorpora uma rica mistura de características do Norte e do Sul, sem assimilar a emotividade de Nápoles nem a fria indiferença de Milão. Fora dos pontos turísticos, a maioria não fala inglês, mas não deixam de se esforçar se um estrangeiro em contrapartida fizer a cortesia de aprender algumas palavras e expressões em italiano, como* "Parla inglese?", *Você fala inglês?*

Transmitir mensagens positivas

Um antigo provérbio italiano diz: *"A vorte fa di più'na buona parole di una compagnia de sordati"* — "Às vezes uma palavra amável é mais poderosa do que um exército de soldados". Embora grande parte dos italianos seja entusiasta da tecnologia, eles ainda não substituíram o intercâmbio face a face pelo computador ou pelo celular. As palavras sempre são importantes, e a cultura italiana, voltada para a paz e o amor, prefere a elegância verbal a uma bárbara troca de socos. Nas conversas, pode-se notar a periódica inserção de pausas silenciosas, efeito da convicção de que *"una bocca chiusa raggruppa nessuno piede"*, que seria equivalente a "quem mantém a boca fechada não corre o risco de dizer asneiras". Você tem o poder de elevar o astral de uma pessoa ou de derrubá-lo por completo com as palavras que escolhe usar, portanto, use sempre palavras que reflitam sua bondade, generosidade e grandeza de espírito.

A importância do diálogo

Algumas pessoas, sem perceber, adotam um padrão de ignorar ou negligenciar a necessidade humana de socialização. Todos nós temos afazeres, tantos que, com freqüência, organizamos o nosso tempo desde a hora em que nos levantamos até a hora de dormir. Num de meus aniversários, ganhei uma linda agenda encadernada em couro, que veio com uma fita-cassete com instruções sobre como fazer o tempo render. Os compromissos podiam ser planejados para o dia, o mês, o ano e até mais. Depois de ouvir a fita, me dei conta de quanto tempo eu gastaria na simples execução daquele procedimento para programar meu tempo. Decidi que a última coisa que eu precisava era de mais uma ocupação para tomar meu tempo livre! Em vez disso, resolvi que uma maneira bem melhor de aproveitar aquela meia hora que eu usaria para planejar meu tempo seria telefonando para uma amiga que não via há muito tempo, para conversar, ou convidar alguém para tomar um café.

Os psicólogos sociais acreditam que, independentemente da cultura ou nacionalidade, os seres humanos precisam uns dos outros, para aprovação, apoio, amizade e informação. Não foi por acaso que a canção *People*, interpretada por Barbra Streisand, fez tanto sucesso. Pessoas precisam de pessoas, e a maioria de nós anseia por uma chance de falar ou de ser ouvido. Infelizmente, a arte da conversação informal parece estar definhando. Basta reparar em vagões de metrô, ônibus e elevadores repletos, mas mergulhados em silêncio. As pessoas têm medo de fazer contato visual enquanto caminham pelas ruas. A maioria prefere não almoçar do que convidar um estranho para dividir a mesa num restaurante lotado.

Nunca é tarde para cultivar a simples alegria de conversar e assim espantar os fantasmas da solidão, depressão e isolamento. A conexão com os semelhantes cria o prazer da integração, o senso de pertencer ao mundo. Por que não recuperar a velha sociabilidade antes que a percamos de vez? Mesmo que nunca a tivéssemos tido, a pesquisa de Albert Bandura sobre o aprendizado por meio da observação confirma que podemos aprender ou reaprender nossos pendores sociais — incluindo técnicas de conversação — simplesmente observando e imitando pessoas que sabem utilizá-los.

Tente achar algum tempo, dentro de seu dia, para encontrar amigos e escutar o que eles têm a lhe dizer. Se está disposto a aprimorar seu poder de comunicação, observe um amigo a quem você admira ou acompanhe discursos de políticos e figuras públicas. Reparar em apresentadores de tevê ou tomar aulas de oratória também o ajudarão a vencer sua timidez e a agir com desenvoltura em qualquer tipo de conversa.

Interessante!

Robert Bolton, PhD, acredita que as pessoas revelam, de forma involuntária, como se sentem acerca de uma relação por meio de seus comportamentos não-verbais. Quando uma relação não vai bem, a pessoa tende a se manter à distância, com o corpo tenso e evita o contato visual.

A sociedade italiana é um caldeirão de habilidades sociais, no qual um diálogo comum é elevado à condição de arte, com tanta atenção aos detalhes quanto o quadro *A Última Ceia*, de Da Vinci. Há colorido e drama, na fala e nos gestos. As conversas por vezes ganham vida como se fossem representadas num palco. Os educadores já captaram, faz tempo, esse traço dramático que prende a atenção dos estudantes. E a capacidade de comunicar-se, sem dúvida, é aquilo que une os seres humanos. Uma escuta atenciosa também é parte essencial do processo. O eminente psicólogo social Leon Festinger dedicou quase toda a carreira a desenvolver a Teoria da Comparação Social. Segundo esta, nós nos comparamos aos outros de maneira a definir nossa posição, de acordo com nossos atos, sentimentos e opiniões. Para tanto, devemos aprender a falar e a ouvir o que um interlocutor tem a dizer. Carl Rogers, o grande psicólogo humanista, elevou a "escuta ativa" à condição de fator de transmissão de afeto. Se você já deparou com alguém que olha distraidamente ao redor enquanto você fala, sabe como isso é desagradável. Ao contrário, o uso de intenso contato visual e de paráfrases sobre o que o outro diz, sem proferir conselhos ou sugestões, transmite a seguinte mensagem: "Você é importante para mim". Mais ainda, a escuta ativa essencialmente dá a seu interlocutor a chance de se expandir, de refinar ou esclarecer aquilo que ele deseja fazê-lo compreender.

A comunicação interpessoal é parte integral da experiência humana. Daniel Goleman, que introduziu o conceito de Inteligência Emocional, escreveu sobre o sofrimento e a rejeição que as pessoas experimentam quando lhes falta a capacidade de expressar apropriadamente suas emoções e interagir facilmente com os outros. Conhecer o próprio potencial emocional é tão importante quanto qualquer pontuação num teste de QI (Quociente de Inteligência). Se alguém é emocionalmente contido ou ignora as regras tácitas da comunicação (por exemplo, que distância manter do outro, como regular o tom de voz, como participar do ritmo da conversa), será bem mais árduo integrar-se em nossa sociedade. Para nos conectar com os outros, precisamos saber demonstrar calor humano, empatia, positividade, autoconfiança e respeito para com amigos, colegas e familiares. Alguns psicólogos crêem que a comunicação interpessoal é a chave para a felicidade e o sucesso na vida. Sem ela, como transmitir amor, alegria, irritação ou desapontamento? Como nos adaptar ao trabalho, aos estudos, à rotina do lar? Como desenvolver e manter amizades significativas?

Sigmund Freud, o fundador da psicanálise, acreditava que a marca de uma personalidade sadia consiste na habilidade de amar e trabalhar produtivamente, o que seria impossível sem comunicar nossos sentimentos e idéias. A comunicação precária é responsável pela dissolução de inúmeros casamentos e pela desestruturação de famílias. Constitui a fonte de frívolas batalhas judiciais. Também é uma das causas da violência juvenil nas escolas, praticada por rapazes normalmente tidos como "tranqüilos". Com freqüência, esses tipos tranqüilos simplesmente não conseguem expressar suas emoções, e por isso as acumulam até o ponto de explosão. Claramente, muitas de nossas alegrias e frustrações baseiam-se na capacidade de compreensão mútua, por meio do intercâmbio verbal e não-verbal.

Estilos de comunicação à italiana

Os italianos não se limitam a palavras quando querem transmitir o que pensam. A cultura nacional integrou uma variedade de estilos de comunicação, incluindo as **artes**, a **linguagem corporal**, o talento para **contar piadas** e para resgatar as vantagens de uma boa **discussão** dentro do velho figurino.

As artes

A história e o avanço das artes na Itália refletem a necessidade básica de conexão entre as pessoas e com as mensagens dos grandes comunicadores do passado. As famílias italianas têm o hábito de ir a museus, cinemas, espetáculos de balé e de ópera. As crianças italianas se deixam cativar pela ópera tanto quanto por programas ou filmes de televisão.

Uma emoção de fundo histórico flui através das árias clássicas, das baladas de amor napolitanas, dos mosaicos antigos e da prolífica produção literária. Os italianos de hoje são conscientes das mensagens dos ancestrais, legadas por meio da arte. Torna-se inviável ler Petrarca e Boccaccio sem se comover com a perspectiva humanista de suas obras, quanto às maravilhas da natureza. É impossível ignorar os tocantes lamentos de Leopardi nos versos de seus poemas. Uma centelha de orgulho nacional brilha toda vez que um italiano escuta uma ópera de Verdi ou o apelo à liberdade contido em *O Barbeiro de Sevilha*, de Rossini. Pinturas de Rafael, mesclando filosofia e religião, são de tirar o fôlego. E assim, por intermédio das artes, os italianos se convertem em espectadores ativos da própria História. Podem sentir no coração as emoções daqueles que viveram durante o Sagrado Império Romano ou que participaram da Primeira Cruzada pela conquista de Jerusalém. Estão apoiados numa moldura histórica que data de antes de Cristo e se acham profundamente arraigados em seu passado como povo. Quanto a nós, também podemos revitalizar a presença das artes e da literatura em nossa vida, tirando boas lições das mensagens elaboradas por seus criadores.

Um dos maiores legados da Itália à humanidade reside em sua contribuição à música como veículo universal de comunicação. A música desempenha um papel inequívoco no repertório comunicativo do *bel paese*. Os que criam ou ouvem música compreendem o poder de sua mensagem. Embora a reação individual seja peculiar a cada um, a linguagem permanece universal e aquece a alma, ajudando-nos até a compreender nosso modo de ser. Das baladas românticas às árias de ópera, a música conforta e alegra, e por isso seu poder é reverenciado através dos séculos.

Podemos fazer o mesmo! Quando se sentir desanimado, carente de apoio, coloque uma bela música para tocar logo de manhã, após levantar-se, e observe como seu estado de espírito melhora depressa. Você não precisa saber tocar um instrumento para exprimir-se por meio da música: pode cantarolar, assobiar ou tamborilar. Muitos cantam no chuveiro ou onde não possam ser ouvidos. Mesmo assim, cantar é uma ótima maneira de exprimir-se. Comprovadamente, a música tem profunda influência em nosso bem-estar físico e emocional. Seja na forma de voz ou de instrumento musical, é um meio de expressão imemorial, universalmente compreendido.

Sobretudo no sul da Itália, soam ao longe vozes que cantam, as harmonias de um recital sinfônico, de um concerto ou de um coro, o relaxante dobrar de um sino de igreja. Como recurso de comunicação, a música remonta aos dias do Império Romano, quando foi declarada uma das quatro principais disciplinas acadêmicas. Para os romanos de então, a música era uma ciência que seguia as leis da harmonia e ordem. O canto gregoriano até hoje inspira um estado de meditação. Esses cânticos, com raízes na Igreja Católica, inspiraram muitos devotos a peregrinar até Roma, a fim de ouvir as obras de São Gregório. Em tempos mais recentes, astros como Pavarotti e Bocelli provocaram um renascimento da apreciação e compreensão da música de ópera, fazendo-nos assimilar as letras, as melodias e o enredo do drama de um modo inusitado.

> ***Interessante!***
>
> *Como se não bastassem seus compositores, os italianos inventaram a ópera, o balé, o violino, o celo, o piano e até o sistema de notação musical, antes da qual as obras tinham de ser memorizadas ou se perdiam para sempre. Note que a língua italiana tem melodia e ritmo similares aos de uma canção.*

Numa sociedade que padece de excesso de burocracia e, freqüentemente, corrupção política, a música sempre representou um bálsamo para o espírito italiano. Profissionais comprovaram os benefícios da terapia musical e a introduziram em escolas, hospitais, casas de repouso e penitenciárias. Além de ajudar no processo de cura mental e física, a musicoterapia faz uma pessoa sentir-se viva! Basta ligar o aparelho de som, e cada um se dispõe a dançar, cantar e vibrar de felicidade. Quem trabalha cantando (ainda que mentalmente), melhora seu ânimo a ponto de atrair os outros para perto, pelo brilho que irradia.

A música tem o poder de enviar mensagens que tocam o coração e falam diretamente ao sentimento. Para aqueles que são "lingüisticamente tímidos", ela consegue expor o íntimo de uma criatura. Assim, tem igualmente o poder de mudar nossa conduta e de nos estimular.

Traga as artes de volta à sua vida. Visite um museu ou galeria de arte, vá assistir a um concerto, passeie entre as esculturas de um jardim, de preferência com um amigo ao lado. Fale sobre como você encara a arte e encontre novas maneiras de se expressar, experimentando pôr em prática seu próprio talento artístico.

Linguagem corporal

Nem sempre necessitamos de palavras para transmitir algo. Os italianos combinam sentimentos e idéias — desde os óbvios aos mais sutis — com uma grande encenação, que por vezes dispensa a fala. Um bom exemplo é um colega meu que gerenciava uma empresa de alimentos do norte da Itália. Certa vez, eu o vi empolgar a diretoria inteira simplesmente com seu comportamento. Até uma reprodução da *Mona Lisa*, na parede, parecia seguir com os olhos a entrada de Pietro na sala. Como a maioria dos italianos, ele adorava os modos cerimoniosos. No início da reunião, saltou da cadeira e correu para uma estante, deixando a compostura de lado como se estivesse possuído ou inspirado por uma musa. Folheando ansiosamente um livro, achou a página desejada e elevou a voz num canto de improviso, sem nenhum alerta. Sobre melodias de óperas bem conhecidas, Pietro construía letras sobre presunto e queijo parmesão. Para espanto geral, um a um, os distintos executivos se transformaram em descontraídos animadores de auditório. Pietro tinha algo em mente: comunicar-se de uma maneira marcante. Após cantar o final de uma opereta, relacionada com comida, ele voltou à sobriedade. Só que, nessa altura, já havia atingido sua meta: relaxar os participantes da reunião e prepará-los para discutir negócios com descontração. Sorrindo, ele fez uma pergunta que justificava sua conduta:

— Vocês sabem que Parma é conhecida no mundo todo como o Vale do Alimento, não?

Os olhares aliviados dos outros indicaram que eles não consideravam Pietro um louco, e sim um magistral comunicador.

Não estou sugerindo que você vá tão longe como Pietro para criar interações, mas uma comunicação desprovida de emoção insinua indiferença. Se você quer se tornar mais interessante e cativante, tente adequar sua expressão facial e seus gestos com a mensagem verbal que está transmitindo. Oradores profissionais sabem usar a postura e a gesticulação como reforço à comunicação eficaz. Se eles não fizerem contato visual com a platéia, dificilmente vão prender sua atenção. Mas, se você for um tímido incurável, peça a um amigo para ensaiá-lo ou matricule-se num curso de oratória. O aprimoramento de suas conexões com os outros faz o esforço valer a pena.

As facetas básicas da comunicação incluem: **linguagem escrita e falada; linguagem corporal**, como gestos e expressividade fisionômica; as **próprias pessoas** que são alvo do intercâmbio; e **regras implícitas de interação**, como tom de voz adequado e a distância que separa você dos interlocutores, dependendo de seu nível de intimidade com eles. O estilo italiano de comunicação, como tudo mais, consiste num oceano de colorida harmonia e contraste. É a mescla dessas particularidades com idéias e emoções que constrói uma comunicação eficaz.

Oficialmente, *A Divina Comédia*, de Dante Alighieri, transformou o toscano em idioma oficial do país, mas cerca de 60% dos italianos conservam seus próprios dialetos, ao menos em casa e entre membros da família. Por causa dos limites territoriais e da geografia de cada *paese*, muitos italianos não seriam compreendidos quando viajam de uma

Interessante!

Os especialistas em comunicação George Kops e Richard Worth afirmam que o meio primário de recepção da informação é o visual. A linguagem corporal torna-se, assim, um poderoso estímulo visual que deve ser incorporado a qualquer tipo de discurso em público. Gestos, expressões faciais e contato visual são indispensáveis, mas a mais valiosa ferramenta comunicativa está nas mãos. É impossível falar com monotonia quando as mãos enfatizam os conceitos verbalizados.

região a outra, caso se restringissem à comunicação verbal. Esse é um dos motivos pelos quais a gesticulação se desenvolveu na Itália como um instrumento essencial de contato.

Todos conhecem o que certos gestos significam. Por exemplo, a oscilação da cabeça ou um sorriso comunicam a mesma idéia em qualquer cultura, e os italianos conseguem formular perguntas e respostas — conversar! — utilizando apenas as mãos e movimentos de cabeça. A gesticulação nasceu há séculos, mas faz somente cem anos que os estudiosos começaram a documentar sua história. Traços dela foram encontrados na antiga civilização greco-romana.

Os napolitanos são tidos como os mestres dessa linguagem silenciosa. Existe um gesto para cada detalhe que se deseja expressar, e alguns abrangem sutis modalidades de emoção. A raiva, por exemplo, pode ser comunicada por um punho fechado ou mesmo uma expressão facial. Contrariando os estereótipos da televisão, que mostram italianos movendo com exagero as mãos e os braços, Luigi Barzini escreveu: "Os melhores gestos [dos italianos] geralmente são econômicos a ponto de se tornar quase imperceptíveis". No entanto, as crianças desde cedo aprendem a decifrar as sutis expressões faciais de seus pais. Um leve erguer de sobrancelhas pode representar reprimenda para um menino travesso.

Muitos de nós sentimos estranheza ao usar nosso corpo para a comunicação, ou não sabemos fazer isso apropriadamente. Não precisamos, porém, adotar uma ênfase dramática

Interessante!

Sobre que assuntos os italianos mais conversam? De acordo com o perito em negociações internacionais Frank Acuff, os temas que na Itália estimulam um bom quattro chiacchiere, *(bate-papo) incluem eventos internacionais, comida e vinho, museus, galerias de arte, locais históricos, esportes e família.*

demais para enriquecer nosso poder comunicativo. Breves movimentos e olhares mostram aos outros que estamos interessados e envolvidos na conversa. A mensagem implícita é: "O que você está dizendo me interessa. Estou aberto ao diálogo". Embora não haja necessidade de exagerar nos gestos durante a fala, você deve ter em mente que a postura, a expressão facial e até a posição da cabeça e do tronco são importantes para comprovar seu desejo de envolvimento.

O espaço entre interlocutores também é um aspecto cultural. Os americanos e os europeus nórdicos preferem manter maior distância entre si, enquanto os italianos gostam de se aproximar mais, a fim de ler nos olhos, na boca e nos movimentos faciais do outro. Na verdade, a proximidade física é sinal de confiança e afeição, e os toques manuais representam mais uma maneira de os italianos exibir calor em suas interações. Eles falam com qualquer pessoa como se a conhecessem há anos, o que a deixa muito à vontade. Tocam no ombro, batem nas costas e até entrelaçam os braços quando caminham por uma praça. Prestam atenção na expressão facial e na linguagem corporal do interlocutor. Experientes, muitos italianos podem adivinhar o que o outro está querendo dizer!

De acordo com Frank Acuff, perito em negociações internacionais, existem cinco normas de comunicação que pessoas de qualquer cultura podem compreender. Podemos utilizá-las em nossa vida cotidiana. Primeiro, é importante **sorrir**. Um sorriso é o prelúdio de boas-vindas para todo tipo de discurso social. Mobiliza as pessoas e lhes transmite um sentimento amistoso. Em segundo lugar, sempre vale a pena estar **bem-vestido**. Isso não significa usar roupas de marca e excesso de acessórios, mas sim que se tenha bom gosto e respeito por si mesmo tanto quanto pelos outros. Em terceiro, **incline-se para a frente** ao falar ou ouvir, de modo a mostrar interesse no que seu interlocutor tem a dizer. Na seqüência, use **gestos francos**, como, por exemplo, abrir os braços convidando a outra pessoa a falar com você. Por fim, balance a cabeça ocasionalmente, a fim de demonstrar que está escutando e compreendendo o que ouve.

Várias dessas sugestões são utilizadas instintivamente no *bel paese*. É claro que o sorriso não pode ser mecânico, mas sim de acordo com o tipo de interação e adequado ao tom de voz. Vestir-se bem, no entanto, é parte do conceito de *bella figura*, e todo italiano é consciente da importância de causar a melhor impressão possível. Para um nativo do país, inclinar-se para a frente simboliza uma intenção de intimidade, e logicamente os gestos e balanços de cabeça acrescentam silenciosa riqueza a um já colorido conjunto de dialetos.

Uma técnica para ser um bom comunicador, na tradição italiana, é aprender a prestar atenção nas expressões faciais. Há algum tempo, minha amiga Jill foi a Florença discutir um plano de negócios com uma colega, Daniela. Após observar bem a outra, Daniela lhe disse francamente:

— Seu olhar não combina com o que sua boca está dizendo.

Interessante!

Alguns gestos manuais comuns na Itália:

- *Passar as unhas sob o queixo: "Não ligo nem um pouco".*
- *Mão para cima, dedos indicadores e médios tocando os polegares, dando de ombros: "O que você quer?"*
- *Apontar o dedo indicador e o dedo mindinho para alguém significa rogar uma praga.*
- *Abanar a mão atrás da cabeça: "Isso é coisa do passado".*
- *Apertar a bochecha: "Delicioso".*
- *Os dois indicadores unidos pelas pontas: "choque de opiniões".*

Jill mal pôde acreditar. A colega havia lido seu pensamento, mas não se tratava de mágica, e sim de extrema atenção. Os psicólogos têm suas próprias idéias sobre a expressão facial. De fato, J.A. Hall descobriu que, nas mensagens verbais, a positividade ou negatividade do conteúdo é geralmente acompanhada de traços não-verbais, como a abertura da boca ou a contração labial. Do mesmo modo, Paul Ekman e colaboradores identificaram diferentes expressões fisionômicas que podem ser reconhecidas na maioria das culturas, comunicando raiva, desprezo, medo, felicidade, tristeza e surpresa. Grande parte das pessoas conseguem "decifrar" esses sinais não-verbais. No entanto, se não prestarmos atenção ou se nos fixarmos apenas nas palavras, esses sinais fundamentais passam despercebidos.

Tente ir com calma e reparar nos sinais não-verbais que você recebe. Responda a eles e veja o que acontece. As pessoas vão pensar que você lê pensamentos!

Bom humor para quebrar o gelo

A extroversão é um traço de personalidade próprio de pessoas que gostam de se enturmar e sentem-se à vontade em suas interações sociais. Se as nações pudessem ter uma personalidade coletiva, a da Itália seria, sem dúvida, a extroversão. A propósito, os pesquisadores Costa e McCrae encontraram uma forte relação entre a extroversão e a felicidade pessoal. Os extrovertidos relatam que experimentam um senso de bem-estar maior do que os introvertidos (aqueles que passam a maior parte do tempo sozinhos), por causa da sociabilidade e da fácil comunicação. Os extrovertidos geralmente são os primeiros a "puxar conversa", detalhe que representa o passo mais difícil de se dar. Podemos nos sentir envergonhados, tímidos ou ridículos quanto a iniciar um diálogo sem a devida preparação. Pois existe um "quebra-gelo" comum na Itália: a *barzelletta*, piada ou anedota. Os italianos adoram histórias espirituosas. Muitos trocam piadas picantes pela Internet ou contam versões mais amenas até mesmo a conhecidos recentes, porque acreditam que uma boa risada faz bem para a alma.

Claro, nem todos possuem esse talento, mas vale a pena fazer um esforço para trocar idéias com aqueles que o cercam, recorrendo a todos os meios possíveis. Você pode memorizar duas ou três piadas e praticar com elas. Também pode contar alguma experiência real e engraçada que tenha acontecido com você. O riso sempre produz bom efeito na aproximação humana e você ficará contente com o resultado.

Seja com uma risada em conjunto ou com uma fértil discussão, os italianos têm um pendor genético para as nuances da comunicação verbal e não-verbal, talvez derivada dos grandes oradores da Roma Antiga, cujo estilo foi documentado em mosaicos e afrescos. Seus descendentes modernos, embora de maneira menos formal, entram em calorosos debates no seu dia-a-dia. Os italianos se orgulham de comunicar-se com qualquer um, mesmo que não conheçam o idioma do interlocutor. Um policial romano, Alessandro, contou-me certa vez que usava métodos inusitados para atender os turistas que lhe pediam informações. Recorria a gestos de mão, movimentos de braços e a algumas palavras aprendidas num dicionário. Também empunhava seu bloco de anotações para desenhar mapas ou esquemas e assim fazer-se entender. Timidez zero!

— Gosto do desafio de me fazer entender — confessou Alessandro. — É maravilhoso ver o sorriso de alívio no rosto de uma pessoa que recorre a você para pedir alguma informação. Para um turista que se encontra longe de sua terra natal, isso significa muito.

Quanto mais ao sul da Itália, mais dramática se torna a conversação. As emoções vêm à tona, perde-se o fio da meada e, por vezes, tudo parece um diálogo de loucos ou de atores que valorizam mais a encenação do que a mensagem específica a ser transmitida. A vida é arte e espetáculo, e os italianos a pintam com as cores de seu rico idioma e dramáticos sobretons. Resta a impressão de que, mais importante que a mensagem, é a experiência do entendimento humano, com ou sem palavras.

A discussão saudável

Entre amigos íntimos, a velha e boa polêmica constitui uma das maneiras de se firmar opinião. Certo dia, observei dois senhores maduros, parados no balcão de um bar, prontos para beber, de um só gole, suas xícaras de café forte. Naturalmente só o fariam no instante certo, quando engolir a bebida acrescentasse vigor ao drama em andamento. Um dos cavalheiros dizia ao outro que achava que as mulheres de hoje haviam enlouquecido. Referia-se à primeira lutadora italiana de boxe, uma siciliana chamada Francesca Lupo. Por que ela fazia isso? E Katia Bellillo, tomando-lhe a defesa em pleno Parlamento Nacional? Na semana anterior, a parlamentar tinha enfrentado Alessandra Mussolini num programa em rede de televisão, a fim de provar seu ponto de vista. *Che disgrazia!* Onde estavam as mulheres de antigamente? O amigo argumentava que talvez fosse uma boa coisa as mulheres lutarem num ringue. Assim, poupavam um pouco os maridos, que ficavam em casa. Os dois senhores gargalharam a esse comentário, fitando-se nos olhos, cada qual tentando antecipar até onde o outro chegaria.

Então a conversa ganhou um tom mais acalorado, ao enveredar para a política. Os dois amigos elevavam a voz e usavam as mãos para avivar adequadamente suas frases. Por fim, encontraram um ponto sobre o qual ambos concordavam, e um dos senhores fixou o olhar no colega, balançou a cabeça sutilmente e aplicou-lhe um beijo na testa.

— Ehhhh.

Momentos depois, a jovial conversa mudou de tema. Cada qual havia expressado sua opinião e devidamente ouvido.

Da próxima vez que você e um amigo discordarem entre si, relaxe e permita que ele expresse o que realmente pensa. Em seguida exprima sua posição e deixe que a discussão avance até algum tópico que traga a concórdia. Ambos ficarão felizes. Na medida em que vocês dois se mantenham respeitosos e dispostos a escutar, uma animada controvérsia jamais poderá prejudicar uma boa amizade.

Interessante!

Três dos mais ilustres comunicadores da história da Itália foram Boccaccio, Petrarca e Dante Alighieri. Cada um desses escritores tornou a literatura — que era apenas para os intelectuais — acessível ao povo. Como era comum na época medieval, Dante, e até certo ponto Petrarca também, escreveram magistralmente sobre o amor e sobre o conflito entre Céu e Terra. Boccaccio, em sua obra Decameron, *que o consagrou como o primeiro romancista italiano, se concentrou unicamente em contos mundanos e pessoas comuns, conforme as observava. Suas histórias eram sobre pessoas, para pessoas.*

Capítulo Oito

Uma Singular Espiritualidade

Fique parado, em silêncio, e escute seu coração.
Quando ele lhe falar, levante-se e vá aonde o coração o leva.

— SUSANNA TAMARO, *VÀ DOVE TI PORTA IL CUORE*

A experiência italiana em matéria de fé envolve mais uma **espiritualidade pessoal** do que uma prática **religiosa organizada**, e permanece **aberta à presença do sobrenatural**. O sentimento por Deus está profundamente enraizado no coração do povo. Os visitantes do país volta e meia são tocados e inspirados por essa energia mística. Ela me atingiu num domingo de manhã, na velha cidade etrusca de Perúgia, onde estudei por algum tempo. Assim que abri as janelas do meu quarto, no terceiro andar, a brisa matutina acariciou-me a face e o momento seguinte pareceu ficar suspenso, com o doce perfume das flores, o cheiro de pão fresco, o eco de sinos distantes espalhando-se como ondas sobre os *paesini*, os vilarejos. A existência de Deus era inegável.

O sociólogo Alberto Martinelli afirma que a sociedade italiana foi influenciada por três fatores que lhe deram unidade e permanência: a família, o partido político e, claro, a Igreja Católica. A religião se derrama sobre a política e muitas outras facetas da vida da nação — tais como atitudes culturais, normas de conduta e integração social —, através das numerosas entidades assistenciais e dos serviços voluntários ligados à Igreja. Um dos maiores partidos é o Democrata Cristão, e enquanto a Itália se tornava mais leiga a partir da década de 1960, a preservação das crenças religiosas e das tradições veio se mantendo como que por ação de um código genético. Até mesmo a lei italiana cede à moralidade católica. O divórcio, por exemplo, só se tornou legal na década de 1970, após um plebiscito, mas são relativamente poucos os casais que recorrem a essa atitude extrema.

Espiritualidade singular

Os psicólogos confirmam que a fé religiosa promove o bem-estar por resgatar um senso de aceitação e de esperança. Além disso, existem pesquisas preliminares associando a religiosidade à cura de doenças e à boa saúde em geral. Alguns dados indicam que, enquanto todas as crenças conferem benefícios aos seus seguidores, a doutrina cristã especificamente incute no fiel a sensação de que Deus o protege e aceita, e assim transmite a certeza de que o valor de cada pessoa no mundo não depende do sucesso material. Trata-se de algo comparável ao que o psicólogo Carl Rogers chamou de reforço positivo: sentir-se amado e respeitado apesar dos próprios defeitos. A fé em Deus também reforça a esperança, traço psicológico que está diretamente ligado ao bem-estar físico e emocional. Vale lembrar que, enquanto muitos italianos encontram conforto indo à Santa Missa, a maioria não se sente obrigada a comparecer ao culto dominical, por atribuir mais importância a uma relação particular com Deus.

A despeito da forte influência da religião organizada, a interpretação italiana de Deus é basicamente sentida no íntimo do indivíduo. Existe a crença fundamental de que

Deus guia todas as nossas ações, confortando a alma e instilando a esperança nos corações humanos.

Uma maneira comum de personalizar Deus é decorar a casa — e mesmo o local de trabalho — com gravuras e artefatos religiosos. O retrato com halo cintilante do Sagrado Coração de Jesus pendia na parede atrás da bancada de sapateiro de meu avô. Não parecia deslocado numa sapataria, talvez porque cercado de escapulários, rosários e pequenas imagens de cerâmica, todos espalhados em meio a máquinas de costura industriais e latas de graxa. Para mim, era tudo normal, como a estatueta do Menino Jesus de Praga que minha mãe mantinha perto de uma janela e cuja vestimenta trocava de acordo com o pedido que desejava fazer em oração: verde para esperança, vermelho para alegria, dourado para ocasiões especiais. Minha avó pendurava um terço de contas na cabeceira de sua cama e distribuía estrategicamente frascos de água benta pelo quarto. Não tenho certeza, mas acho que todos esses pertences estavam lá na qualidade de testemunhos de uma ligação espiritual.

Outro meio de personalizar a religião, mais evidente no sul da Itália, consiste em identificar-se com os santos da Igreja. Eles ajudam a tornar a relação com Deus mais tangível, já que foram humanos um dia. Como eu e você, os santos sofreram adversidades materiais e emocionais, e por fim as superaram. Servem como heróis a ser imitados e como exemplos de inspiração para quem tem fé.

Em apenas um quarto de século, o papa João Paulo II canonizou ou beatificou quase 60% dos santos ou candidatos a santos hoje existentes na Igreja Católica. Sabiamente, há um santo para cada necessidade do devoto: São Brás protege a garganta, São Marcos zela pelos ouvidos, Santa Agnes intercede pelos seios. Os santos são considerados amigos espirituais e mensageiros, uma ligação entre Deus e os mortais.

Interessante!

Sejam praticantes devotos ou não, os italianos em geral observam rituais de origem religiosa. Cada cidade e vilarejo celebra os dias santos, e como muitos cidadãos foram batizados com o nome do santo do dia do nascimento, os festejos se multiplicam, com a oferta de presentes e reuniões familiares. Os municípios também comemoram o dia de seu santo padroeiro, com festas de rua seguidas de espetáculos de fogos. O famoso Carnaval de Veneza antecede a Quaresma e remonta ao século XI. A palavra "carnaval" significa "adeus à carne", ou seja, às tentações mundanas. Nas cidades, tudo fecha durante os feriados religiosos, permitindo que a população celebre sua fé. Eis algumas das datas mais importantes:

Dia de São José — 19 de março
Corpus Christi — 60 dias após a Páscoa
São Pedro e São Paulo — 29 de junho
Todos os Santos — 1º de novembro
Imaculada Conceição — 8 de dezembro
Santo Estêvão — 26 de dezembro

Quando meu avô e eu visitamos parentes na Calábria, acordávamos bem cedo com o cheiro de café e o burburinho de toda a família que se preparava para um novo dia. Foi estranho, portanto, acordar certa manhã numa casa silenciosa e vazia. Todo sinal de vida havia se evaporado. Nem vozes, nem chinelos arrastados, nem o tilintar de pequenas colheres de açúcar na borda das xícaras de café. Era um dia quente de agosto e, intrigada, resolvi sair sob o sol forte. Percorri as ruas pavimentadas de pedregulho em busca de uma pista de onde nossa família pudesse estar.

— Titia poderia ter avisado que precisava do dia inteiro para fazer o café da manhã — gracejei com meu avô.

Mas as outras casas se achavam tão vazias quanto a dela. Andamos mais e, perto do centro da cidade, ouvimos música ao longe, cada vez mais alta, até transformar-se no ruidoso acompanhamento de um desfile.

— Ali — apontei para vovô ver, e a procissão foi surgindo do interior da igreja matriz.

Uma pequena multidão de fiéis marchava junto com padres e músicos da bandinha, que tocavam instrumentos de sopro e percussão. Os demais membros da comunidade serviam de espectadores ativos, encorajando os desfilantes ou improvisando coros enquanto acompanhavam a imagem de São Roque colocada no andor.

A Festa de São Roque é apenas um dos muitos eventos religiosos celebrados nos vilarejos e pequenas cidades. Serve para os italianos exprimirem sua inabalável devoção a figuras humanas divinizadas, com que se identificam e pelas quais se sentem protegidos. O povo em massa interrompe sua rotina diária para colocar flores, frutas ou uma cesta com outras oferendas aos pés das estátuas de seus santos "particulares". Naquele dia, em meio aos devotos e aos músicos uniformizados, vovô e eu pudemos distinguir os rostos compenetrados de nossos parentes! Cada membro da procissão oferecia o que podia: seu talento, o dízimo ou simplesmente o coração ao santo padroeiro de sua fé.

Segundo a jornalista e educadora Annarosa Pacini, não existe uma explicação fácil para a importância dos santos na cultura religiosa italiana, mas eles representam a capacidade do povo de cultivar uma fé intensa, apesar das adversidades. O padroeiro de uma cidade, tal como São Roque, é visto como o protetor da comunidade, do trabalho e da saúde de cada um. Pacini afirma que os santos são o elo de união entre o céu e a terra. Em geral, personificam gente que superou a imperfeição física ou o sofrimento, assim como fez o ferido São Roque, ou que ultrapassou situações difíceis, como a carismática Madre Teresa de Calcutá.

A veneração aos santos aprofunda a fé até um nível mais íntimo, mais pessoal, chegando ao ponto de causar visões de sangue ou de lágrimas que escorrem das imagens. Esse misticismo, quase uma magia, provoca clamor público e engarrafamentos de tráfego incontroláveis, como resultou do afluxo de milhares de romeiros que queriam ver um mural de cerâmica do padre Pio, famoso sacerdote italiano tido como autor de milagres. O mural teve de ser removido por causa da comoção popular, quando hordas de devotos afluíram ao local para testemunhar se as costas da imagem do religioso realmente sangravam. O sociólogo Franco Ferrarotti adota um ponto de vista filosófico para definir esse fenômeno tipicamente italiano: "Quando as coisas vão mal, sempre aparece uma Nossa Senhora que começa a chorar".

É verdade que os italianos se inspiram em santos e símbolos religiosos para reforçar a fé, mas torná-la pessoal envolve ainda ler histórias exemplares, visitar templos, praticar ioga e ouvir música sacra. As pessoas encontram diferentes meios de entrar em contato com seu lado sagrado. Embora os melhores métodos sejam aqueles que funcionam bem para cada um, **meditação**, **oração** e **otimismo** constituem instrumentos poderosos que devem ser cultivados para aprofundar o singular senso de espiritualidade à italiana.

Aprender a meditar

Para a maioria dos italianos, a meditação não consiste necessariamente em meia hora de recolhimento silencioso. Basta adquirir a habilidade de fazer o tempo parar por um instante e ser receptivo aos olhares, sons e odores que nos cercam. Uma fruição da vida, momento a momento, opera maravilhas quando refletimos simultaneamente em nossa bem-aventurança. Para a forma tradicional de meditação, podemos reservar dez minutos diários no início ou fim da jornada. Isso requer um lugar sossegado, onde você não seja perturbado. Sente-se de modo confortável, respire fundo e devagar algumas vezes, e o relaxamento virá. Gosto particularmente da técnica que o dr. Andrew Weil recomenda a seus pacientes. A idéia é: com a língua colocada atrás dos dentes superiores, inale pelo nariz contando até quatro; prenda a respiração e conte até sete, então exale o ar pela boca no oitavo instante. Considero essa técnica muito relaxante como intróito da meditação. Depois de repetir o procedimento algumas vezes, você pode meditar de acordo com o método que preferir, desde a visualização mental até libertar-se de todos os pensamentos, deixando a mente "em branco". Para algumas pessoas, uma música suave de fundo ajuda, outras repetem uma palavra inspiradora, como um mantra, ou apenas se concentram no ritmo da própria respiração.

O hábito da oração

O hábito de rezar — aquelas orações que você aprendeu na infância — ou de simplesmente conversar com Deus em linguagem informal tende a renovar e fortalecer a espiritualidade. A repetição presente nas rezas convencionais coloca a pessoa num estado de meditação e, em pouco tempo, uma onda de paz e serenidade a envolve. Quem reza não precisa ser formal para sentir os benefícios da prece. Um pensamento elevado a Deus ou um pedido silencioso — e sem roteiro preestabelecido — basta para criar um momento de transcendência. Adote o hábito de recitar um breve agradecimento a Deus quando as coisas correrem bem para você. Demonstre sua gratidão por ter amigos que se preocupam com você, por ter o que comer e uma cama confortável. Busque conforto na oração quando se sentir solitário, triste ou com medo, ou para fazer um pedido. Preencher o silêncio com a presença de Deus ajuda a combater a solidão e o isolamento.

Cultivar o otimismo

Apesar de um cinismo justificado e de ocasionais lamentações, a grande maioria dos italianos deixa a negatividade escorrer por suas costas, assim como os patos fazem com a água. Lembre-se de que você foi concebido de acordo com um plano superior, e a beleza do amor — ou de Deus — está refletida em sua alma. Estenda essa luz para os outros, sendo construtivo e afastando o pessimismo de sua vida. Não se perca em pensamentos autodepreciativos, nem se prenda a pessoas amargas e situações deprimentes. Evite assistir a filmes e programas de televisão que o deixem ansioso, entristecido ou entediado. Eles são uma perda de tempo e minam sua força espiritual.

O papel da religião organizada

Os italianos fizeram de Deus, não necessariamente da Igreja Católica Apostólica Romana, o foco central de sua espiritualidade. Contudo, enquanto o papel da religião formal e organizada se torna secundário, ela continua influindo na vida cotidiana do país. Quase 100% dos italianos são batizados, mas apenas 25% seguem estritamente os ensinamentos do catolicismo. Grande parte das famílias só comparece à missa em dias santos ou para celebrar sacramentos como batismo, crisma ou casamento. Um número cada vez menor de fiéis freqüenta a missa aos domingos.

A força moral da Igreja, não obstante, continua servindo de alicerce para pensamentos e ações. O Deus cristão é mais benevolente do que punitivo. Assim, o temor a Deus serve como alavanca de uma espécie de moralidade altruísta. Sentir-se culpado — dentro do razoável — é considerado algo positivo quando nos mantém no caminho da integridade. Embora a Igreja estabeleça as normas básicas de conduta, elas ficam sujeitas a pequenas ou grandes mudanças em conseqüência de interpretações individuais. Os dogmas rígidos acabam por se tornar flexíveis numa terra em que as instituições são vistas com ceticismo e em plano secundário em relação à família. Afinal, a Igreja também cometeu sua cota de erros e, por conta de seu histórico envolvimento com a política, colocou a si própria como alvo de uma saudável desconfiança. Assim, a despeito de um papel tacitamente aceito como guia moral e ético para os italianos, na qualidade de instituição formal a Igreja sofre certa resistência, especialmente quando seus ensinamentos ameaçam a autonomia da família. Como autoridade patriarcal, a Igreja pode por vezes entrar em conflito com o sistema patriarcal do núcleo familiar. Deus não é falível — mas a Igreja é. Em decorrência disso, os ensinamentos da Igreja se chocam com as crenças, muitas vezes opostas, dos italianos. Pesquisas relatadas na Internet (*site* Zoomata.com) mostraram que os italianos de hoje se sentiriam mais culpados por não se apresentar bem (*fare la bella figura*) do que por cair em um dos clássicos sete pecados capitais do catolicismo. Setenta por cento dos italianos, de acordo com essa pesquisa, já não temem a punição pelos pecados, enquanto 72% julgam que o orgulho — não a humildade — é indispensável. Antigamente condenáveis, o orgulho e a preguiça se transformaram hoje em valores reverenciados, com os nomes trocados para auto-estima e lazer! Os italianos não questionam esse paradoxo, apenas se atualizam e se tornam peritos em seguir a "torrente". A cultura do país não só permite a coexistência do antigo e do moderno, como ressalta tudo aquilo que deixa a vida mais condimentada, colorida e compensadora.

Numa tentativa de se adaptar às necessidades dos paroquianos, algumas igrejas na Itália marcam missas para tarde da noite, assim como a de São Vito, em Milão, adotou um programa de "casa aberta". Aos sábados, esse pequeno templo barroco abre as portas das dez horas da manhã à uma da madrugada, a fim de atrair jovens que entram casualmente, depois de seus programas noturnos, para ouvir música sacra, rezar ou deixar suas dúvidas escritas no altar, em troca de versículos bíblicos. Certos críticos prefeririam manter a Igreja dentro dos ritos tradicionais, mas os bispos mais jovens estão tentando modernizá-la — pelo menos em alguns aspectos —, a fim de manter ou aumentar o número de fiéis.

Interessante!

Embora o Vaticano se esforce para adaptar a Igreja Católica aos novos tempos, parece que não abre mão de certas coisas, como a proibição de métodos anticoncepcionais não naturais, e tampouco aceita coisas como, por exemplo, a confissão virtual. "A Internet é um recurso fabuloso para evangelização e para o serviço pastoral, mas nunca será possível alguém se confessar por via eletrônica", declarou o bispo John P. Foley, do Conselho Pontifício de Comunicação Social.

Riccardo, que mora no norte da Itália, me relatou as práticas religiosas de sua família e o envolvimento do clã com a Igreja, durante o período em que ele foi criado na zona rural.

— Existem diferenças entre as maneiras como os habitantes do Norte e do Sul expressam sua fé, mas elas são mais marcantes entre os devotos da cidade e do campo. Sou de uma família de sitiantes que associava a religião às condições do tempo, das quais dependia enormemente. A fé nos dava esperança: esperança de que cairia chuva suficiente para as plantações, esperança de que o sol brilhasse na hora certa, esperança de que as geadas do inverno não viessem cedo demais e destruíssem a colheita. Geralmente, nos domingos de manhã, íamos à missa, a pé. Mulheres e crianças caminhavam na frente, os homens atrás. Não fazíamos isso todas as semanas, porque havia trabalho demais na fazenda. No verão, porém, participávamos da tradicional procissão noturna, carregando velas ao lado da imagem de Nossa Senhora e do santo padroeiro local. Meus pais não iam à igreja com freqüência e compensaram isso colocando-me como coroinha. Uma vez por ano era rezada uma missa pelos finados da comunidade, e nos dias santos e datas festivas rezávamos o terço em casa, reunidos ao redor da mesa. Meu pai começava recitando o Pai-Nosso, e o resto da família recitava as Ave-Marias.

E Riccardo continuou seu relato:

— A maioria de meus amigos e eu, agora na meia-idade, também não vamos à igreja todos os domingos, mas respeitamos os feriados religiosos e oramos bastante em particular, sobretudo quando algo não vai bem e precisamos da ajuda divina. Por mim, gosto de rezar mesmo quando tudo está bem, e agradecer. Também quando uso minha Vespa rezo pedindo proteção de acidentes de trânsito.

O jornalista italiano Luigi Barzini observou, certa vez, que tanto os católicos como os não-católicos experimentam um sentimento poderoso quando fazem uma peregrinação aos lugares santos de Roma. Os católicos não deixam de visitar a Praça do Vaticano e, se possível, receber uma bênção direta do papa, o maior líder moral e espiritual da Igreja, representante de Deus na Terra. Há uma renovada inspiração de fé quando eles ingressam numa basílica. Alguns turistas têm a curiosidade de ir até Siracusa, na Sicília, onde uma efígie da Virgem verteu abundantes lágrimas, num passado recente. Uma investigação concluiu que se tratava de lágrimas humanas. Outros são atraídos pela Itália não exatamente pelo contexto religioso, mas por ser um lugar onde, de acordo com Barzini, "a vida ainda é gloriosamente pagã e o cristianismo não afastou totalmente as tradições da Antigüidade greco-romana". Essa declaração capta bem os contrastes inerentes à cultura italiana no que se refere à busca de espiritualidade, que é uma parte essencial da vida cotidiana.

A Igreja também funciona como guardiã dos vários marcos religiosos que pontuam o ciclo vital italiano. Eventos consagrados como os sacramentos do batismo, primeira-comunhão, crisma, matrimônio e extrema-unção são muito mais do que rituais praticados mecanicamente. Atingem o âmago da identidade pessoal e são dignificados pela participação de toda a família e círculo de amigos.

A religião formal e o trabalho voluntário em organizações religiosas podem desempenhar um papel importante como elo de união para aqueles que se sentem perdidos ou excluídos. A aceitação dos ensinamentos e tradições da Igreja formal age no íntimo das pessoas, e dela deriva um senso de participação. Para algumas pessoas, as entidades religiosas podem representar a extensão da própria família.

Obviamente, não é preciso ser católico para se beneficiar da religião organizada. No entanto, se você já pertenceu a uma Igreja e dela se afastou por algum tempo, agora seria um bom momento para descobrir até que ponto você ainda está envolvido com uma fé superior. A religião, seja ela qual for, deve ajudá-lo a enriquecer sua vida, não a controlá-la.

Há uma opção que pode conduzi-lo a uma jornada inesquecível: explorar os ensinamentos de várias religiões diferentes, em busca de uma sabedoria universal capaz de orientar sua vida. Leia alguns dos numerosos livros doutrinários que existem. Vá aos respectivos templos e cultos. Faça perguntas. Informe-se. Você poderá apreciar, além da *Bíblia*, a leitura do *Bhagavad-Gita* hindu, do *Corão* muçulmano ou de *As Quatro Nobres Verdades*, do Dalai-Lama. Certamente encontrará passagens inspiradoras, capazes de levantar seu ânimo.

Mente aberta para o sobrenatural

O onipresente paradoxo italiano explica a crença generalizada em fenômenos sobrenaturais, apesar de a religião nacional proibi-la. A despeito da desaprovação da Igreja, rituais supersticiosos continuam a ser praticados, de modo mais sutil no Norte e mais declarado no Sul. Freqüentemente nos inclinamos a desprezar tais crendices populares, mas há especialistas que consideram positivo o efeito causado por essa abertura para o inexplicável. O pesquisador James Hillman, por exemplo, condena a facilidade com que somos vitimados pela psicologia científica, a mesma área de estudo que critica "pseudopsicologias" como a astrologia. O próprio campo psicológico, contudo, tem sido inepto ao lidar com realidades invisíveis, como a alma, e por vezes ignora sua existência.

A maioria de nós alimenta uma curiosidade instintiva com relação a tudo que escapa aos nossos sentidos naturais. Dar espaço para os mistérios inexplicáveis não só torna a vida mais interessante como também reforça a esperança e a tendência de abrir a mente para outros enigmas. Deus, os santos, a astrologia, a superstição — e mesmo a esperança e o amor —, tudo isso é invisível e intangível. Os italianos estão longe de ser um povo crédulo ou ingênuo, e não obstante conservam a disposição de experimentar, dia a dia, novas possibilidades de tornar a vida mais intensa.

A crença no sobrenatural converteu-se, assim, em lugar-comum entre italianos e ítalo-americanos. As crianças podem ir à escola — como eu fiz — com medalhinhas de santos penduradas em correntes no pescoço, à guisa de proteção. Em cada bairro costuma existir uma *comare*, madrinha ou comadre, que em alguns casos tem o poder de desfazer feitiços e afastar o *malocchio*, mau-olhado. Minha própria avó e minha mãe costumavam relatar seus sonhos não apenas em termos de interpretação simbólica, mas também como avisos reais e dicas de números para jogar na loteria.

Segundo Frances M. Malpezzi e William M. Clements, autores de um livro sobre o folclore ítalo-americano, a crença no mau-olhado está enraizada na visão fatalista dos camponeses do sul da Itália. Entre eles, o fato de que a bem-aventurança não pode durar para sempre, e que a ameaça está sempre presente. A prosperidade de uns cria inveja nos outros, o que atrai o infortúnio. Um elogio feito com uma ênfase exagerada pode significar que a pessoa que o faz está enviando vibrações negativas à outra. Um dos métodos para diagnosticar o mau-olhado é verter azeite de oliva num recipiente com água. Se o azeite se espalhar, é porque há energia negativa no ar. Neste caso, uma benzedeira poderá fazer uma reza para afastá-la.

Nos Estados Unidos, onde o sucesso se tornou uma meta coletiva e ilimitada, o mau-olhado já não se justifica, perdendo força de geração em geração. De qualquer modo, como muitas ítalo-americanas, eu continuo a usar um amuleto como proteção contra o mau-olhado. Na verdade, tais objetos passaram a representar um símbolo de bem-aventurança e, ao mesmo tempo, de respeito à tradição italiana. Seja qual for nossa visão da superstição, no mínimo ela nos lembra de uma verdade incontestável: há mais na vida do que aquilo que é visível. Nessas circunstâncias, existe uma dimensão ao mesmo tempo real e além de nossa compreensão. O reconhecimento dessa realidade intangível pode manifestar-se tanto na religião organizada como nas crenças, rituais e práticas sobrenaturais.

As modernas sociedades industriais privilegiam claramente o chamado "método científico", procedimento empírico de observação, recolhimento de provas e comprovação da tese através dos resultados. Essa filosofia se traduz, em linhas gerais, no comportamento de todo um povo e seus membros individuais. É lamentável, mas normalmente nos recusamos a acreditar no que não podemos ver — milagres, por exemplo. No entanto, a própria fé religiosa, no fundo, não passa da crença na existência de uma dimensão invisível e intangível. Para os italianos, fé e superstição estão entrelaçadas.

A maioria deles, claro, acredita e respeita a ciência tradicional, mas também crêem na astrologia. A despeito da falta de qualquer comprovação científica, a astrologia e outros fenômenos psíquicos têm uma raiz profunda na cultura italiana. As previsões astrológicas, por exemplo, contam com reduzida chance de se concretizar. Além disso, até hoje não foi estabelecida uma correlação estatística entre os signos do zodíaco e as características da personalidade de quem nasceu sob um deles. Mesmo assim, a curiosidade sobre o horóscopo diário tem resistido à extinção. Sua prática, que remonta à civilização mesopotâmica, é profundamente entrelaçada à História italiana, desde os tempos da República Romana ao início do Império Romano, quando a astrologia passou a influenciar decisões políticas. O primeiro impera-

Interessante!

Segundo relatório do site Zoomata, nove milhões de italianos consultam cartomantes ou videntes uma vez por ano, tornando essa atividade um negócio lucrativo. Uma famosa dupla de mãe e filha que se apresentava na tevê chegou a extorquir meio milhão de dólares de uma mulher de Treviso. Quando a consulente pediu números quentes para jogar na loteria e eles não foram sorteados, as farsantes explicaram que ela estava sob feitiço e exigiram dinheiro para quebrá-lo.

Interessante!

Os mais importantes feriados religiosos italianos incluem:
Epifania — *Em 6 de janeiro,* la befana, *a velha, carrega uma bolsa com presentes e brinquedos para as crianças boas e deixa carvão para as más.*
Quarta-feira de Cinzas — *Após o Carnaval, marca o início da Quaresma observada por todos os católicos do mundo.*
Domingo de Ramos — *As igrejas são enfeitadas com folhas de palmeiras em sinal de paz. Os devotos levam ramos benzidos para casa e os trocam entre amigos e familiares. Também podem cortar a folha em forma de cruz e pendurá-la na porta, como proteção.*
Domingo de Páscoa — *É um dia de reunião familiar, que celebra o renascimento. A* colomba pasquale, *bolo em formato de pomba, e os ovos de chocolate ricamente embalados encantam as crianças.*

dor, Augusto, que assumiu o poder no ano 27 a.C., mandou cunhar moedas estampadas com os signos do zodíaco no anverso. No decorrer dos séculos, a astrologia teve seus momentos de apogeu e decadência. Em certos períodos, realmente influiu na política, na opinião pública e na própria Igreja. Sabe-se que, durante a Renascença, alguns papas basearam suas decisões na configuração dos astros no firmamento.

Hoje, a posição oficial da Igreja (em contraste com a realidade de muitos católicos praticantes) é a de que a crença na astrologia se torna perigosa porque limita a liberdade humana. Esse determinismo se opõe ao consagrado conceito de livre-arbítrio e nos escraviza ao eventual posicionamento das estrelas. Mas os italianos não vêem as coisas dessa maneira. Assim como a Igreja formal, a possibilidade de fenômenos inexplicáveis ocupa seu lugar na vida enquanto dimensão subsidiária que enriquece a existência humana sem controlá-la. O instituto italiano de pesquisa Doxa descobriu que três em cada quatro habitantes adultos do país consultam seus horóscopos, pelo menos ocasionalmente. Os mais maduros procuram conselhos sobre finanças e saúde, enquanto os mais jovens buscam informações sobre amor e trabalho. Apesar de conhecidos por seu ceticismo — maior do que o dos americanos —, há mais seguidores da astrologia na Itália do que nos Estados Unidos.

Na Itália, é quase impossível deixar de acompanhar as previsões astrológicas. Na verdade, elas é que nos acompanham! Os horóscopos são divulgados regularmente nas rádios, revistas e jornais. As redes de televisão, públicas ou privadas, reservam tempo para os astrólogos. Detalhe: mesmo que consultem com regularidade o horóscopo, as pessoas em sua maioria absoluta dirão que fazem isso por mera curiosidade, pois não acreditam nele.

Definitivamente, fenômenos extra-sensoriais, ou seja, os estímulos que não podem ser detectados por nossos sentidos normais, valem como lembrete de que convivemos com uma boa parcela de dúvidas. O respeito ao sobrenatural na Itália firmou-se na medida em que coexistiu harmoniosamente com a incerteza, em vez de ser invocado apenas quando alguma coisa fugia ao senso comum.

O conceito de *dolce vita* desafia definições precisas, mas inerente a ele está a liberdade proveniente do sentimento de que ninguém é obrigado a explicar nada ou a controlar tudo. Enfim, a doce vida à italiana significa confiar em si mesmo a ponto de expressar suas dúvidas de vez em quando, sem ter de explicá-las. Ou seja: sentir-se seguro de si o bastante para exprimir sua criatividade intuitiva e abrir-se à fantasia, ainda que algo infantil, envolvida nos contos de fada, na magia, nos milagres e outros fenômenos que não possam ser vistos ou provados. **Estimular esses instantes de deslumbramento** e desligar-se da realidade cotidiana são dois recursos simples para trazer de volta à vida esse lado mágico, mesmo que você tenha tendência de aferrar-se a tudo o que seja tangível e convencional.

Estimular momentos de deslumbramento

O grande psicólogo humanista Abraham Maslow descreve esses momentos de apogeu individual como experiências de euforia interior em que, como resultado, a pessoa adquire uma maior iluminação. Simples ou complexas, tais experiências sempre marcam a vida, porque trazem uma compreensão mais refinada do mundo ao redor. Momentos de apogeu como dar à luz uma criança ou fazer amor podem ser descritos como experiências limites para algumas pessoas. Outras chegam a experimentar profundas mudanças em seu entendimento da vida realizando tarefas simples como cozinhar uma refeição ou caminhar pela praia. Você não pode desfrutar instantes de deslumbramento quando quiser, a seu bel-prazer, porém é possível definir as circunstâncias em que eles ocorreram, e assim tentar repeti-los sempre que puder.

Fazer uma pausa e olhar para os lados

Refletir sobre tudo que nos cerca — pessoas, carros, edifícios — nos prepara para uma fruição espiritual mais rica. Faça contato com a natureza. A cada dia, no caminho para o trabalho, repare num detalhe antes despercebido. Ao fazer uma caminhada ou percorrer uma trilha no campo, observe tudo: cenários, aromas e sons. Sinta como é receber uma garoa fina em pleno rosto sem abrigar-se dela. O mero bom senso diz que existe beleza em torno de você, onde quer que esteja. Aprenda a apreciá-la. Permita que ela inspire seu dia e sua vida, de modo perceptível e — principalmente — pela via do intangível.

Capítulo Nove

Atitude É Tudo

Do ponto de vista psicológico, se eu pudesse importar um único artigo da Itália, não seria a moda refinada, a arte renascentista ou as jóias de ouro da Ponte Vecchio em Florença. Traria o produto com mais potencial do que todos os outros para me fazer feliz: a mentalidade "made in Italy".

Na cultura italiana, a visão da vida é serenamente estimulante e coloridamente intensa. Comporta uma atitude que exprime, em essência, a apreciação de um *gourmet* diante do prato farto da existência. Um resumo dos segredos da *dolce vita* não estaria completo sem mencionarmos dois elementos fundamentais: a **perspectiva emocional equilibrada** e o **uso sábio do tempo**. Postos em prática, esses conceitos provam que viver uma vida alegre e rica tem mais a ver com a atitude interior do que com forças externas, como as situações que enfrentamos ou o dinheiro no bolso. Cultivar uma perspectiva emocional equilibrada não significa que você tenha de fingir alegria diante de qualquer coisa que lhe aconteça. Os italianos não têm reservas quanto a exprimir suas opiniões e sentimentos em alto e bom som. Freqüentemente manifestam desagrado por meio de xingamentos. Mas tudo termina aí. Todos nós enfrentamos decepções, mágoas e períodos difíceis. Mas existe um meio eficaz de nos livrarmos dos abismos emocionais, pelo uso de estratégias simples que fazem parte da herança psicológica italiana.

Saber desfrutar o tempo, por exemplo, constitui um pilar seguro para aqueles que se deixaram levar pelo caos da vida moderna e se esqueceram de impor, de vez em quando, uma pausa a seu ritmo frenético. Alegrias singelas, como caminhar, praticar esportes ou jardinagem, abrem caminhos para a meditação, ajudam a passar o tempo com serenidade e infundem em nós uma renovada energia.

Perspectiva emocional equilibrada

De minha educação italiana, aprendi que existem duas filosofias básicas para manter as emoções sob controle: *arrangiarsi* e *accontentarsi*, ou seja, saber arranjar-se (dar um jeito, superar) e contentar-se com sua circunstância real. Em livros sobre percepção humana ou psicologia, talvez você já tenha visto uma clássica figura reversível: conforme seu foco visual, você perceberá um vaso claro contra o fundo escuro, ou dois perfis humanos, frente a frente, sobre o fundo claro. Trata-se da mesma figura, nada mudou. É a perspectiva do observador que transforma uma imagem na outra. Assim como existe essa opção visual, também temos a capacidade de escolher nossa perspectiva emocional. A felicidade é uma questão de perspectiva, tanto quanto a tristeza. Nossos pensamentos têm o poder de nos fazer alegres ou abatidos, amedrontados e ansiosos.

Antônio, por exemplo, chegou aos Estados Unidos com 19 anos de idade e poucos dólares no bolso. Não tinha diploma nem educação formal. Empregou-se como garçom e trabalhou até de noite e nos fins de semana, em tudo o que aparecia. Levou uma vida frugal e conseguiu poupar no banco uma parte de seus modestos ganhos. Por fim, casou-se com uma colega, uma garçonete italiana que sofria de anemia crônica. A luta do casal foi árdua, mas com o tempo eles ganharam condições de comprar uma pequena lanchonete e começar a formar uma família. Antônio jamais se queixou do fardo que carregou por anos, apesar de muitos momentos de desânimo. Quando eu lhe perguntei, recentemente, qual o segredo de sua alegria, a resposta foi:

— Mesmo em tempos difíceis, eu sempre me dizia que saberia superar os obstáculos que a vida colocava em meu caminho. Tenho um trabalho sólido, uma mulher amorosa e uma filha bonita. O que mais um homem pode desejar?

Na perspectiva de Antônio, a capacidade de superar os empecilhos e contentar-se com aquilo que possuía formou a base de sua felicidade.

Mi arrangio, dou um jeito.

O verbo *arrangiarsi* tem o sentido de dar um jeito, não como aceitação passiva dos fatos, mas como a capacidade de contornar uma situação adversa tirando o máximo proveito dela. Os italianos são historicamente conhecidos por sua flexibilidade quando se trata de resolver um problema. Exemplos? Há muitos: "Vou superar", "Farei o que for possível", "Paciência, não posso comprar determinada coisa porque o caixa não tem troco; volto depois", "Se não tenho carne hoje, faço uma *minestra*, sopa, e tudo bem".

O segredo para manter-se flexível é tomar um atalho quando a estrada principal está bloqueada. Você aprende a contorná-la e acaba descobrindo um caminho tão bom quanto o outro. Gina, por exemplo, queria tornar-se uma cirurgiã respeitada. Vibrava com a idéia de poder aliviar a dor humana. Após ingressar na Faculdade de Medicina, ela estudou arduamente e seguiu todos os cursos gerais previstos. Suas notas ficaram sempre dentro da média, porém, na hora de pleitear uma vaga na especialidade que desejava, não foi aceita. "*Mi arrangio*", disse Gina a si mesma, desapontada mas não vencida. Ela passou o ano seguinte em aulas de reforço e se inscreveu de novo no curso de cirurgia, apenas para ser reprovada outra vez. Então Gina decidiu encontrar um caminho alternativo. Inscreveu-se num concurso para médica assistente e, por causa de seu bom currículo, foi aprovada. Hoje ela adora o que faz, embora não seja seu sonho original nem sua primeira escolha.

Quero dizer, com isso, que não precisamos seguir nosso sonho inicial ao pé da letra, no sentido de sermos felizes. Mais importante é a vivência suficiente para aprender a ter flexibilidade e tomar um atalho. Insistir numa causa perdida, a todo custo, nos deixa frustrados e infelizes, especialmente quando deparamos com forças que fogem ao nosso controle. Um baixo grau de adaptabilidade contraria a arte de *arrangiarsi*, e os italianos consideram o recurso a expedientes alternativos como parte de sua identidade nacional! Numa pesquisa recente e oficial, os entrevistados disseram, em sua maioria, ter orgulho de ser italianos. Por quê? Grande parte respondeu simplesmente que o orgulho provinha da capacidade italiana de dar um jeito, mesmo em tempos caóticos ou difíceis.

M'accontento, sou feliz com o que tenho

Além da capacidade de "dar a volta por cima", é importante aprender a enxergar e usufruir os aspectos positivos de sua situação atual. A filosofia do *accontertarsi*, considerar-se contente com o que você já tem, é parecida, mas não igual, à do *arrangiarsi*, que implica adaptar-se às circunstâncias e encontrar soluções para os problemas. *Accontentarsi* elimina a necessidade de competir com um parente rico ou de amealhar bens materiais que, a longo prazo, não o tornarão menos ou mais feliz. Os italianos são frugais e gostam de economizar dinheiro, mais do que gastá-lo. Em contrapartida, cuidam de seus pertences e os desfrutam por muitos anos. Como grande parte da população mora em lugares apertados, menos objetos na casa significa mais espaço livre, e mais espaço livre proporciona uma vida descomplicada.

O segredo está na simplicidade. Por exemplo, fazer refeições em casa, utilizando latarias e mantimentos que você guardou no armário ou na geladeira em vez de sair correndo atrás de *fast food*, supondo que não haja o que comer na sua cozinha. Do mesmo modo, contentar-se com o que tem livra você de preocupação ou embaraço na comparação com o que possuem seus vizinhos, parentes ou amigos. Lembre-se: bens materiais podem alegrar uma pessoa num curto prazo, mas não são garantia de felicidade duradoura.

Felizmente, não temos de ser italianos para aprender as artimanhas da superação pessoal, sem cair no conformismo. Há correções mentais que podemos adotar sempre que nos sentirmos tristes ou desanimados, para apreciar os aspectos positivos da vida. Por muitos anos ensinei alunos, clientes e leitores a combater seus pensamentos negativos e a aplicar o princípio do "otimismo racional". Essa técnica é útil toda vez que o pessimismo rondar você. Discutir com seus pensamentos negativos o ajudará a restabelecer a positividade em pouquíssimo tempo. Não raro, nossas mentes estão bloqueadas por conceitos irracionais que levam a emoções desagradáveis. Por exemplo, imagine-se preso numa longa fila de supermercado. É hora do jantar, você está com fome e cansado do dia de trabalho. Decidiu parar a caminho de casa e comprar duas ou três coisinhas, mas descobriu que todo mundo teve a mesma idéia, congestionando até mesmo o caixa rápido. Você espera, consulta o relógio de pulso, olha sem esperança para a vagarosa funcionária do supermercado. É compreensível que tudo isso o deixe aborrecido e estressado. Subitamente, você sente nas pernas a pancada de um carrinho de compras. Para quê!

Você se volta, pronto a praguejar e tirar satisfações, quando vê uma doce senhora idosa inclinada sobre o próprio carrinho, para equilibrar-se ou repousar. No mesmo instante sua ira inicial se converte em simpatia humana. O que aconteceu? Muito simples. Você mudou de perspectiva e, fazendo isso, sentiu-se melhor.

O notável psicólogo Albert Ellis introduziu a idéia de uma visão de mundo racional-emotiva, técnica que consiste em dividir seus estados emocionais negativos em três componentes, de modo a sobrepujá-los. Bastaria seguir um modelo ABC no qual A é o evento negativo propriamente dito (por exemplo, o carrinho de supermercado batendo em suas pernas), B é sua percepção do fato (algum folgado está querendo me irritar), e C é a conseqüência emocional dessa convicção (sinto-me aborrecido e com raiva). Percebe como tal ciclo funciona? Cabe a você alterar o sentimento negativo (C) para mudar sua compreensão da situação (B). "Talvez a pessoa que me atropelou não tenha feito isso de propósito, afinal". Dessa maneira você pode manter a mente maleável e usar esse paradigma sempre que deparar com momentos difíceis ou apenas ficar insatisfeito com determinada situação. Lembre-se: na maior parte das vezes é a sua perspectiva — não o fato em si — que o fez sentir-se zangado. Conquistar serenidade é uma simples questão de mudar de perspectiva, exatamente como você modifica seu foco visual diante da clássica imagem reversível mencionada anteriormente. Se treinarmos para pensar diferentemente, também nos sentiremos diferentemente — e muito menos infelizes! No seu estágio ideal, esse processo se tornará automático.

Saboreando o tempo

Imagine um mundo em que os minutos se escoam sem atropelo, dando a impressão de que o tempo quase parou.

Imagine um mundo no qual a antiga tradição se mescla com a mais moderna tecnologia. O especialista intercultural Alfons Trompenaar qualifica a cultura italiana como uma mistura de passado e presente. Culturas assim orientadas conservam o respeito pelos ancestrais ou pelos mais idosos e interpretam os acontecimentos atuais à luz das experiências passadas. Mas a vida é igualmente focada no aqui e agora, e ninguém aguarda pelo futuro a fim de começar a viver. Na Itália, o conceito de tempo é flexível, impreciso e tolerante. O tempo também é algo fluido, contínuo e simbólico, como no caso do relógio da estação ferroviária de Bolonha, que parou em 10h25min e nunca foi acertado, fazendo muitos turistas perder seu trem. O relógio é mantido na hora exata em que uma bomba detonada por terroristas matou 85 pessoas e feriu 200, em 1980. Para os sobreviventes, as famílias das vítimas e a maioria dos italianos, o mostrador parado possui um grande valor simbólico.

Há diversas maneiras de impedir que o tempo presente passe por nós sem ser percebido ou saboreado. Primeiro, viva conscientemente. Mantenha-se atento a tudo o que você faz e sente. Segundo, escreva um diário pessoal no qual uma breve reflexão cotidiana reforce a sensação de continuidade em sua vida. Isso também o ajudará a entender onde e como "a semana, o mês, o ano passaram tão depressa". Focalize o presente, mas não deixe de examiná-lo à luz de suas experiências do passado. Esse é um ponto importante para desenvolver sabedoria e traçar um quadro geral de sua existência. Por outro lado, viver para o futuro é como recusar-se a aceitar o tempo vivido neste momento. Ninguém tem certeza do futuro, mas podemos estar seguros quanto ao presente e ao passado, já que efetivamente os percorremos. Ficar consciente disso permite que o tempo decorra sem esforço para você. Algumas iniciativas "antiquadas" para gozar os dias presentes incluem emocionar-se com os **esportes**, envolver-se com a tranqüilidade de **cuidar do jardim**, e restaurar o corpo e a mente por meio de umas boas **férias**.

Il calcio, o futebol

Ah, a magia do futebol enfeitiça e anima toda a Itália! Enquanto nos Estados Unidos a primeira pergunta que se faz a uma pessoa a quem se acabou de conhecer é "Em que você trabalha?", o equivalente italiano consiste em "Para que time você torce?". O *calcio*, como fenômeno de massa, revela-se mais entranhado na sociedade italiana do que o beisebol nos Estados Unidos. O futebol é um fator unificador, capaz de despertar um senso de irmandade entre milaneses e sicilianos — o que é uma façanha e tanto! Em disputas internacionais, todos os torcedores parecem uma única e imensa família.

Nos domingos à tarde, o silêncio cai sobre as cidades, quando grande parte dos habitantes, retendo a respiração, assistem a um jogo na televisão ou no bar próximo de casa, com amigos e esposas, crianças e parentes. Jovens e velhos torcem pela vitória de seu clube do coração.

O futebol transcende o esporte, torna-se uma filosofia de vida. Na hora do gol, há uma explosão de cumprimentos e rojões, abraços e beijos. É palpável o orgulho da torcida nessa celebração, que muitos visitantes admiram como sendo a alma da Itália. Ela representa um espírito leve e solto, que traz benefícios para o corpo e para a mente.

Um jogo importante praticamente faz parar o país nas tardes de domingo. O povo se divide (melhor, se une) em "irmãos de alma" a fim de torcer para o *Roma*, o *Juventus* de Turim, o *Internazionale* de Milão, o *Parma* etc. A vitória é o que mais importa, isso fica evidente na comemoração de cada gol a favor, que provoca um terremoto no estádio lotado. As pessoas torcem gritando e podem surgir tumultos.

Certa vez, cerca de 75 mil torcedores do *Roma* tomaram as ruas da cidade, balançando as bandeiras, cantando o hino do time, berrando *Magica Roma*! A energia e excitação eram contagiantes e refletiam um prazer momentâneo, simples mas poderoso.

— Para ser feliz — disse-me um amigo romano — você só necessita de um bom pedaço de pão, um tomate maduro, companhia agradável e... um ingresso para o jogo de domingo.

Claro, ninguém precisa ser fanático por futebol ou gostar de multidões aglomeradas para desfrutar a emoção, a alegria e a solidariedade que o esporte em geral proporciona. Tire uma tarde de sábado para ir à praça local e participe de uma "pelada" informal, enquanto seus parentes torcem por você na beirada do campinho. Antes que você se dê conta, estará freqüentando estádios e acompanhando um jogo decisivo, enquanto mastiga amendoins ou biscoitos de polvilho. O arrebatamento e a alegria de qualquer esporte — visto ou praticado — são realmente contagiantes e, nesse contexto, muitas preocupações se desvanecem.

Il giardino, o jardim

A paixão italiana pelas plantas é evidente até mesmo nas floreiras que enfeitam as janelas de prédios modernos. Quem possui terreno adequado, invariavelmente cultiva um jardim ou uma horta. Sementes plantadas no inverno explodem em árvores coloridas e perfumadas na primavera, e não são apenas as figueiras que precisam ser cobertas no inverno e as fragrantes parreiras que se transformarão em vinho tinto ou branco. A partir do momento em que tive idade para tanto, trabalhei no quintal de casa, ao lado de meus avós, e aprendi que lidava com muito mais do que frutas e legumes frescos. A jardinagem inspira como que um estado de oração. É quando você sente a consistência da terra nas mãos e aspira seu suave perfume. Não existe maior comunhão com a natureza do que essa. A jardinagem exercita o corpo e clareia a mente. Ainda que você more em apartamento, pode cultivar plantas em vasos ou floreiras na sacada. O efeito, embora menos intenso, continua sendo benéfico. Outra opção, comum nas cidades grandes, é juntar-se à comunidade e cuidar de uma praça pública antes abandonada. Ali você poderá, depois de um trabalho conjunto e barato, sentar-se para refletir ou conversar com os vizinhos.

Os italianos respeitam a energia vital que transita de uma planta para o corpo humano. Sempre que possível, eles cultivam alimentos naturais — ou temperos — e podem comê-los ou estocar o excedente em vidros e latas. Quando eram imigrantes recém-chegados, meus avós nada desperdiçavam. Além de ervas, algumas plantas também eram aproveitadas: dente-de-leão para sopas ou saladas, camomila para chás, e assim por diante.

Boa parte dos italianos gosta de colher cogumelos, como passatempo. Meu primo Luigi sempre dizia que não havia nada mais relaxante do que entrar num bosque, logo ao raiar do dia, e procurar o "tesouro", na forma de pencas de saborosos cogumelos. Tal como cuidar do jardim ou da horta, essa é uma experiência holística, pois envolve corpo e espírito. Proporciona momentos de tranqüilidade, boa companhia e boa mesa. Claro, é preciso assegurar-se de que os cogumelos sejam comestíveis e não venenosos.

O conceito de passar o tempo ao ar livre remonta, pelo menos, aos refinados jardins da Renascença italiana, nos quais pessoas do povo podiam passear entre sofisticados trabalhos de arte floral e botânica, na primavera. O costume começou quando alguns devotos decidiram parar e meditar no jardim de um mosteiro. Alguém deve ter resolvido colher plantas medicinais, ou apanhar flores para levá-las num cesto, ou colher frutos maduros da laranjeira local. Magníficos festivais de dança, teatro e música devem ter ocorrido nesses esplêndidos cenários, que depois se estenderam ao projeto arquitetônico de *villas*, grandes mansões, como adorno. O plantio seguia desenhos geométricos, em simetria, demarcando áreas para flores, frutas, árvores e até mesmo peixes, nos lagos artificiais onde se podia pescar ou simplesmente passear de barco com a pessoa amada! No apogeu, os jardins renascentistas demandavam a colaboração de numerosos artistas, artesãos, engenheiros, arquitetos e encanadores que criavam cascatas artificiais para quem quisesse (e pudesse) escapar do calor num ambiente de paz.

Manter laços fortes com a natureza é uma velha tendência italiana. Ainda hoje, o país é um dos maiores celeiros agrícolas do mundo, renomado por sua capacidade de plantio. Mesmo no Sul, em terreno montanhoso e clima adverso, registra-se uma intensa produção de azeitonas, figos, tomates e alcaparras. Um amplo contingente de imigrantes italianos foi atraído pelas áreas rurais dos Estados Unidos e, embora estranhassem a tecnologia americana ou os solos e climas que desconheciam, eles logo ganharam reconhecimento e respeito por sua inteligência, pelo talento natural para a agricultura e pela tenacidade no cultivo do solo até torná-lo fértil e abundante.

Nossos amigos italianos devem ter instintivamente assimilado a importância psicológica do trato com a terra. Hoje, nos Estados Unidos, um novo ramo científico chamado de ecopsicologia vem obtendo popularidade. Seu objetivo é reintegrar uma parte dessa área do conhecimento que ficou um tanto esquecida: o valor de manter laços com a natureza e sua influência na saúde emocional. Minha família nada sabia de psicologia — muito menos de ecopsicologia —, mas quando trabalhava em grupo, cultivando a terra, algo mágico acontecia. Eles se sentiam verdadeiramente felizes. Tomavam conta do jardim e da horta como das próprias crianças, e recitavam o provérbio *Figlie, vigne e giardino, guardale da vicino*: filhos, vinhedos e jardins devem ser cuidados de perto.

Ao projetar seu jardim — fora ou dentro do local onde mora —, adote a linha italiana, fazendo-o tão bonito esteticamente quanto prático em termos nutricionais. Mesmo num canto da varanda ou da sacada, você pode plantar ervas para tempero, cultivar flores em vasos e passar alguns minutos por dia em meditação nesse pequeno santuário. Em reduzido espaço, pode obter alguns legumes ou verduras. De qualquer modo, o colorido de seu jardim servirá para acalmar sua mente e purificar seus pensamentos. Também será a oportunidade de aprender novas habilidades ou recuperar as antigas, que caíram em desuso entre as gerações mais recentes de sua família, como fazer vinho e geléias ou compotas caseiras. Após algumas horas de trabalho com as plantas, sente-se e admire o que você fez com as próprias mãos. Pense nos pratos saborosos que poderá preparar com produtos frescos. Relaxe ao som da água que cai do regador. Seu corpo estará refeito e você sentirá a mente serena.

A arte de tirar férias

Em complemento à jardinagem, os italianos costumam dar total prioridade à folga nas férias. *Ferragosto* é o período nacional de férias, no mês de agosto, quando muitas lojas fecham, os habitantes fogem de suas cidades e todos partem em busca de um destino para desfrutar o verão. Não há necessidade de elaborar planos detalhados a fim de quebrar o *tran-tran*, a rotina cotidiana. Estradas cheias ou congestionadas não desanimam os viajantes, psicologicamente preparados para não se aborrecer. Eles simplesmente saem do carro parado, saboreiam os sanduíches que trouxeram para a ocasião e estabelecem uma animada conversação com outras vítimas do engarrafamento!

A palavra "lazer" vem do latim *licere*, que significa "permissão". Nesse particular, as pessoas se dividem em duas categorias: as que se permitem divertir e as que não se permitem. Os italianos invariavelmente se incluem no primeiro grupo. Levam a sério as férias como antídoto ao estresse. Essa saída em massa para as praias ou para o campo, característica do verão italiano, já foi apropriadamente chamada de "êxodo".

O campo da psicoimunologia enfatiza a conexão recíproca entre corpo e mente. O estresse prolongado com freqüência leva a uma deterioração física, porque nossos hormônios de plantão carecem de tempo para se estabilizar e voltar ao normal. É importante, por isso, ficarmos atentos ao fatores estressantes do dia-a-dia, geralmente negligenciados. Mais importante ainda é tirar férias, que na verdade são férias do estresse. Sair de folga levando seu *laptop* (computador portátil) e seu celular conectado com o escritório é totalmente contra-indicado!

A cada verão, Luciano e sua mulher, Irene, levam o pai viúvo até uma cidadezinha nas montanhas chamada Pinzolo, a cerca de uma hora e meia de Parma, onde vivem. Embarcam todos no carro Volvo recém-lavado, no qual engataram um pequeno *trailer*, e enfrentam a estrada cientes de que a viagem pode durar horas, nas temporadas de "êxodo". Não é diferente com outras famílias italianas, que abandonam tudo a fim de deixar para trás a cidade, rumo a lugares relaxantes onde possam usufruir a companhia dos filhos, pais, tios e primos. Uma vez instalados num acampamento em Pinzolo, Luciano e Irene fazem longas caminhadas na mata, refrescando os pés em cascatas naturais que surgem entre as rochas, ou apenas sentam-se no alto de um barranco e vêem as nuvens passar. O pai de Irene prefere ficar na área de *camping*, lendo jornais, ouvindo rádio e cochilando ao ar livre. Toda essa simplicidade tranqüiliza o espírito e, melhor, não custa caro. A maioria das famílias italianas em férias leva barracas, colchonetes, alimentos, e pouco gastam em hotéis ou restaurantes. Os chefes dessas pessoas sabem que elas voltam das *vacanze*, férias, mais bem-dispostas e motivadas para o trabalho produtivo.

É evidente que, para gozar férias à italiana, você não precisa viajar até o país. Basta lembrar que as férias são sagradas e representam uma real mudança em sua rotina diária. Se a sua vida é normalmente corrida ou febril, entrar numa excursão em grupo, daquelas programadas para conhecer sete cidades em cinco dias, pode não ser uma boa idéia. No seu período de lazer, o objetivo é não apenas desligar-se de seu cenário concreto, mas também de sua rotina mental. O principal obstáculo ao bem-estar é a atitude sempre apressada, competitiva. Considere as férias como sua grande chance de retomar contato com a natureza e com a tranqüilidade. Explore lugares que não necessariamente abalem seu saldo bancário, aumentando seu esgotamento nervoso. Os italianos acreditam que o antídoto para a vida estressante de hoje consiste fundamentalmente numas boas férias. Por isso, por favor, deixe seu *laptop* em casa!

Conclusão

Uma de minhas metas ao escrever este livro era tornar acessível a todos aquilo que aprendi sobre a *dolce vita*, italiana ou não. Outra era libertar os italianos de estereótipos baseados em antigos preconceitos. As histórias sobre a Máfia podem render bastante audiência na tevê, mas elas representam uma distorção do que a Itália e seu povo realmente são. Jamais questionei minha educação italiana, simplesmente não conheci outra. Seguindo essa mesma linha de pensamento, creio que passei por um longo processo de transformação, o qual eu apreciava cada vez mais à medida que crescia. A cultura americana é única, à sua maneira, mas também é muito jovem e pode beneficiar-se da observação de culturas mais sedimentadas, como a da Itália. Como pesquisadora da psicologia multicultural, acredito piamente no valor de nossa sabedoria ancestral. Minha educação italiana me proporcionou ensinamentos que se tornaram questões profissionais, às quais eu responderia anos mais tarde, depois de muito estudo e pesquisa.

Um dos dados mais importantes que descobri foi que muitos dos dotes culturais que ajudaram os italianos a sobreviver séculos afora eram manifestados dentro de minha própria casa, por meio de palavras e atitudes de meus familiares. Os mesmos comportamentos estão presentes na Itália contemporânea. Constituem elementos invariáveis, que nos fazem associar ao país a idéia de *dolce vita*. São filosofias que permanecem indestrutíveis a despeito da evolução da sociedade, da modernização e da globalização, da União Européia e dos incríveis avanços da tecnologia. Na essência, os italianos ainda fazem o que sabem fazer melhor: sobreviver, mas com um senso de dignidade, orgulho e alegria. Por essa razão, os ítalo-americanos ou os demais descendentes de imigrantes espalhados pelo mundo tendem a cultivar com tenacidade seus laços ancestrais. Quando conseguem peregrinar à Itália, como costumam fazer, sentem-se de volta ao lar. Nada ali é estranho ou pouco familiar, ainda que jamais visto ou mencionado antes. A experiência de se reconectar às raízes possui alto conteúdo espiritual, chega a ser quase milagrosa.

Com toda certeza, não só os descendentes de italianos são apaixonados pela Itália e por seu estilo de vida. Um sem-número de visitantes, turistas ou cidadãos de outras origens referem-se ao país com paixão equivalente a um novo amor. Corretamente, sentem que a Itália dá boas-vindas a todos os que pretendem desfrutar seus encantos, não importando a etnia, a religião ou o idioma.

Epílogo

Encontrando a Sabedoria da Própria Herança Cultural

Agradeço por esta oportunidade de compartilhar com você os princípios de minha herança étnica. Sempre me pareceu óbvio o elo entre a boa saúde emocional e os elementos positivos da vida, presentes na cultura italiana. Indiscutivelmente, cada cultura possui seus próprios traços da sabedoria universal. Quero incentivar você, leitor, a redescobri-los e preservá-los. Eles são as facetas que fazem brilhar o diamante de uma civilização.

Num artigo para a revista *Italian America*, de março de 2000, cunhei o termo "ítalo-atualização", que se baseia no conceito de Abraham Maslow sobre a teoria psicológica da auto-atualização. Essa tese se refere à gradual progressão do indivíduo para todas os ideais maravilhosos que ele traçou para si. A auto-atualização pode ser entendida como uma força interna que nos guia instintivamente. Só precisamos ouvir nossa voz interior para sermos conduzidos por nossas mais profundas verdades. Tenho a convicção de que conhecer e preservar nossa herança cultural torna essa voz mais audível, mais clara. Absorvendo a sabedoria de nossa tradição, podemos encontrar meios de aplicá-la na vida diária, com descontração e facilidade. Como proclamam as principais religiões do mundo, as diversas etnias se tocam pelas bordas, por suas semelhanças, embora haja diferenças peculiares em cada camada.

A essas semelhanças, chamo de verdades universais. Elas estão impressas em nossa alma de maneira inata, mas geralmente são sepultadas pelas camadas das sucessivas gerações, até que as vozes do passado se atenuem ou se calem definitivamente. Por isso é importante trazê-las à tona, por meio do esforço consciente de todos.

Valendo-me da teoria de Maslow, gostaria de transmitir a você algumas idéias para resgatar sua própria sabedoria ancestral e mantê-la em seu coração e no das gerações posteriores. Comece por um caderno espiral em branco, no qual irá registrar toda informação que conseguir durante sua exploração pessoal do passado. De acordo com Maslow, nossas necessidades se encaixam numa espécie de pirâmide, na qual as necessidades físicas e materiais mais prementes ocupam a base maior. Uma vez satisfeitas, elas nos levam a almejar a realização das dimensões progressivamente mais espirituais de nosso ser. Em outras palavras, quando as necessidades básicas de sobrevivência estão atendidas, devemos procurar um contato com nossa alma, a verdadeira dimensão que nos distingue de todas as outras espécies da Terra.

O melhor de dois mundos

Em primeiro lugar, somos instintivamente guiados para satisfazer nossas demandas fisiológicas: alimento, água, repouso, exercícios físicos, manutenção da saúde. Obviamente é impossível alcançar evolução espiritual se não cuidarmos do próprio corpo, permitindo que se deteriore. Pense em uma ou duas gerações atrás e procure definir como seus ancestrais mantinham o corpo saudável e forte. Antes das facilidades modernas, como se arranjavam? Que tipo de atividade física praticavam dentro ou fora de casa? Muito provavelmente, seus avós e bisavós tiveram de trabalhar duro, assim como os meus. Não existiam luxos como freqüentar academias de ginástica ou acompanhar um vídeo de exercícios pela televisão. De fato, tais comodidades eram inimagináveis, e assim o corpo precisava ser exercitado durante o trabalho braçal ou tarefas domésticas como arrumar a casa e cuidar do pomar.

Ademais, um corpo são deve ser alimentado por comida saudável. Quais os pratos especiais que fazem parte de seu *background* cultural? Tente recuperar alguma velha receita da família que você possa incluir em sua dieta cotidiana, ou modificar conforme os conhecimentos atuais sobre os perigos da gordura animal, frituras e molhos pesados. Você pode usufruir o melhor de dois mundos — o de ontem e o de hoje — tornando uma especialidade culinária étnica mais saudável do que nunca. Essa é uma iniciativa passível de ser partilhada com outros membros da família, próximos ou distantes. Proponha um "jantar cultural", resgatando tudo o que seus predecessores possam ter usado na cozinha dos "velhos tempos". Tente imaginar quais seriam os hábitos alimentares deles. Claro, é muito provável que não castigassem o organismo com lanches rápidos e vida sedentária. A cozinha era o centro da atividade de sua avó, como foi da minha? Quais seriam os costumes adotados à mesa? Gostavam de conversar enquanto se reuniam para comer? Havia noites especiais em que seus antigos parentes se dirigiam à casa de uma tia, para uma farta ceia? Enfim, recriar a sabedoria contida em sua herança cultural pode alimentar corpo e alma simultaneamente.

Diversas profissões ainda remetem ao trabalho físico, que exige um corpo forte, mas fique certo de que o sono e o repouso sempre fizeram parte da meta de saúde física. Então, como seus ancestrais descansavam? Tinham o hábito de ler, de ouvir rádio? A que horas iam para a cama? Que tipo de ritual adotavam antes de se deitar? Tomavam um banho quente, um chá, em vez de pílulas para dormir — tão comuns hoje em dia? Claro que a vida moderna é totalmente diferente, e é inviável praticar com exatidão o estilo de vida do passado. Mas quando você adapta e incorpora a filosofia de seus ancestrais, adquire uma sensação de autenticidade que talvez nunca tenha imaginado.

A sabedoria cultural da segurança

Enfim, se você cuidou de seu organismo, é porque o respeitou suficientemente para mantê-lo a salvo. Claro, seus ancestrais lidaram com ameaças e perigos diferentes dos atuais. É interessante notar, porém, que muitas das fobias modernas se fundamentam em riscos reais enfrentados por nossos antepassados. Por exemplo, algumas pessoas têm fobia de cobras, mesmo vivendo longe do hábitat delas ou nunca tendo visto uma ao vivo, ao contrário de nossos ancestrais. No entanto, hoje existem outras ameaças à nossa integridade, e precisamos saber como nos manter incólumes e tranqüilos. Isso se aplica não só à segurança física, quando você cerca sua casa de muros altos ou liga o alarme de seu carro à noite, mas também a práticas que promovem a paz de espírito. Lembra-se de como sua avó economizava dinheiro? A minha guardava moedas num cofre em formato de porquinho, e assim poupava trocados para alguma necessidade. Sabendo que sua vida financeira se encontra em ordem, livre de dívidas, você dormirá melhor. Talvez nossos ancestrais precisassem de menos dinheiro para viver do que hoje em dia, talvez até tenham sido pobres, mas a verdade é que eles sabiam como poupar para uma eventual emergência.

Os rituais ou comportamentos repetidos com regularidade são reconfortantes e inspiram segurança psicológica. Pois descubra aqueles que sua antiga família praticava, sobretudo seu estilo de festejar aniversários ou o Natal. Seguiam algum padrão de conduta também na rotina diária? Adapte-o para suas necessidades atuais, mas adote-o em sua vida. O resultado será uma maior profundidade de significado para a existência, sabendo que a sabedoria ancestral sobrevive e se aprimora a cada nova geração.

Amor, integração e laços culturais

Depois de conseguir satisfazer nossas necessidades materiais e psicológicas, estaremos prontos para firmar relacionamentos íntimos e tornar o amor uma parte integrante de tudo o que fazemos. Um passatempo proveitoso consiste em examinar o álbum de fotografias de família, com atenção à linguagem corporal das gerações anteriores à sua. Pais e avós posavam de braços dados ou mãos entrelaçadas? Abraçavam-se quando sentados à mesa? Havia sempre amigos e vizinhos nas fotos? Observar a cultura ancestral é um autêntico alimento para a alma e o coração.

Todos nós temos a necessidade de um sentimento fundamental: o de pertencer a um lugar e de nos integrarmos a um tronco familiar. Nos velhos tempos, os vizinhos se conheciam, cumprimentavam-se, transmitindo uma sensação de comunidade. Hoje, mal sabemos o nome da pessoa que mora no mesmo andar. Não valeria a pena restaurar, em termos, aquele antigo senso comunitário? Que tal chamar parentes que você mal conhece ou perdeu de vista para um jantar festivo? Que tal integrar-se a um grupo que trabalhe em benefício de seu bairro ou tenha a mesma ascendência étnica? Passei por todos os tipos de clubes e organizações desse tipo, de irlandês-americanos a afro-americanos. Só posso dizer que eles refletem um senso de continuidade, de inclusão cultural que sempre faz bem.

O elo entre cultura e auto-estima

Seus antigos familiares, tal como os meus, devem ter sido pessoas comuns, mas essa modesta perspectiva também lhes trouxe um extraordinário orgulho por fazer sempre o melhor que podiam, fosse qual fosse sua ocupação. Você por acaso sabe no que seus ancestrais trabalhavam? Não é difícil obter informações junto a velhos amigos e parentes. Um conhecido meu, já maduro, guarda com respeito e orgulho o martelo que seu pai, ex-carpinteiro, trouxe na bagagem de imigrante. É só um exemplo, mas esse tipo de estima tem a ver com o que pensamos de nós mesmos e como os outros nos consideram. Você pode exercer o mais simples trabalho braçal do mundo, mas se o fizer com empenho e competência desenvolverá um senso de auto-estima e dignidade que ninguém conseguirá roubar. Em compensação, você pode ter o cargo mais importante do país, mas se o exercer com displicência não ganhará o respeito de ninguém, nem de si próprio. Uma das providências que adoto a fim de conhecer mais sobre minha herança cultural e assim fortalecer a auto-estima é ir a uma biblioteca e consultar biografias das grandes personalidades de mesma origem étnica. Estudo suas idéias e as maneiras de interagir com os outros. Encontro algumas em que posso colher ensinamentos benéficos à minha conduta cotidiana. Sempre que você vai a suas raízes, vê-se dominado por um desejo de fazer seu povo orgulhar-se de sua pessoa. É esse espírito que convalida e eterniza o esforço, o trabalho e as contribuições à sociedade atual legadas por seus ancestrais.

Auto-atualização cultural

Até este ponto, vimos como a herança cultural nos orienta na satisfação das necessidades vitais como saúde física, segurança, amor, integração e estima. Em determinado momento, você descobrirá que, satisfeitas essas necessidades, começa uma fase em que sente falta de algo mais: desenvolver e aprofundar seu lado espiritual. Também aqui, recorrer à sabedoria cultural de nossos ancestrais poderá ajudá-lo a sentir-se "em casa". Pense nos expedientes que seus antigos familiares usaram para incorporar seus anseios espirituais à vida diária. Faziam parte de um grupo religioso, atuante na respectiva igreja? Participavam da missa ou qualquer outro culto? Liam a Bíblia todas as noites, antes de dormir? Hoje em dia, talvez uma religião formal e organizada não sirva para você, mas quem sabe se um antigo parente já se sintonizava com Deus dentro de uma filosofia pessoal? Que tal ouvir a música tradicional do país de origem de sua família? Conhecer um pouco do folclore, estudar os provérbios do povo local são outras maneiras de encontrar uma mina de ouro inesgotável para enriquecer sua alma.

Anote no caderno todas as práticas culturais de seu contexto familiar original. Elas funcionam como marcos estruturais em seu caminho para um autêntico legado de sabedoria. Reconciliar-se com suas origens irá poupar você de reinventar a roda. Trata-se de um processo contínuo, maravilhoso, cuja magia você sentirá cada vez mais presente à medida que se acostumar a ele. Nesse meio tempo, aposto que descobrirá mais uma grande verdade: embora única em muitos pontos, a sabedoria cultural de um povo ou país é também universal. E aí está a beleza de aprender sobre outras culturas e deliciar-se com as diferenças entre elas. Que importante lição a ser transmitida aos nossos filhos, e deles para os netos! E também o segredo de transformar a vida de todos nós numa experiência de *dolce vita.*

Dio ti benedica, Deus te abençoe.

Pirâmide Tradicional da Dieta Mediterrânea Saudável

Recomendação de ingestão diária de líquidos:

6 Copos de água
Vinho com moderação

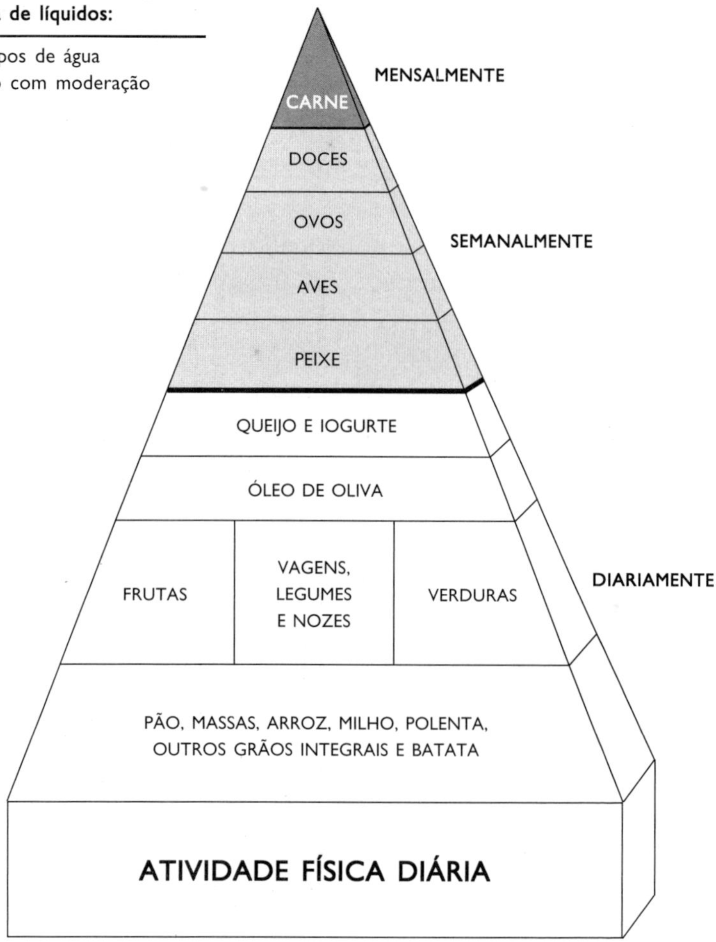